THE QUEEN OF CRIME
繁體中文版
20週年
紀念珍藏

死亡不長眠

阿嘉莎・克莉絲蒂——著

張國禎——譯

Sleeping Murder

通俗是一種功力

吳念真（導演、作家）

通俗是一種功力。絕對自覺的通俗更是一種絕對的功力。

這樣的話從我這種俗氣的人的嘴巴說出來，大概很多人要笑破褲底了。不過，笑完之後請容我稍稍申訴。這申訴說得或許會比較長一點，以及，通俗一點。

小時候身材很爛，各種遊戲競爭完全任人宰割，唯一隱遁逃避的方法是躲起來看書或聽大人瞎掰。那年頭窮鄉僻壤的小孩能看的書不多，小學二年級時最喜歡的是超大本的《文壇》，老師借的。看著看著，某天老師發現我的造句竟出現：「捧著：朝陽捧著一臉笑顏為群山剪綵」這樣亂七八糟的文字，就拒絕再讓我看那些超齡的東西了。

老師的書不給看，我開始抓大人的書看。一種是厚得跟磚塊一樣的日文書，對我來說那完全是天書，但插圖好看，經常有限制級的素描。另一種書是比較薄的，通常藏得很嚴密，只是裡面有太多專有名詞、重複的單字和毫無限制的標點，比如「啊啊啊」、「……！！！」

老讓我百思不解。有一天，充滿求知欲地詢問大人竟然換來一巴掌後，那種閱讀的機會和樂趣也隨著消失了。

所幸這些閱讀的失落感，很快從大人的龍門陣中重新得到養分。講到這裡，我似乎先得跟一個村中長輩游條春先生致敬，並願他在天之靈安息。

我所成長的礦區，幾乎全是為著黃金而從四面八方擁至的冒險型人物，每人幾乎都有一段異於常人的傳奇故事。這些故事當事人說來未必精采，但一透過游條春先生的嘴巴重現，有時連當事人都聽得忘我，甚至涕泗縱橫，彷彿聽的是別人的故事。

條春伯沒當過日本兵，可是他可以綜合一堆台籍日本兵的遭遇，一如連續劇般從入伍、受訓、逃亡荒島，面對同鄉同袍的死亡，並取下他們的骨骸寄望帶回故鄉，乃至骨骸過多搞不清哪是誰的等等，讓聽的人完全隨他的敘述或悲或笑，彷彿跟他一起打了一場太平洋戰爭。此外他也可以把新聞事件說得讓一個三、四年級的小孩，到現在仍記得當時腦中被觸動的畫面。例如當年瑠公圳分屍案的凶手做案之後帶著小孩到安東街吃麵（這讓我一直以為台北的安東街是條專門賣麵的街道），還有甘迺迪總統被暗殺、賈桂琳抱住她先生、安全人員跳上飛快的車子保護賈桂琳……當然，這記憶全來自條春伯的嘴巴而不是報紙。我的記憶全是畫面，有畫面，是因為條春伯說得精采，說得有如親臨他至死都還搞不清地理位置的達拉斯命案現場。

於是這小孩長大後無條件地相信：通俗是一種功力，絕對自覺的通俗更是一種絕對的功力。透過那樣自覺的通俗傳播，即使連大字都不識一個的人，都能得到和高階閱讀者一樣的感動、快樂、共鳴，和所謂的知識、文化自然順暢的接軌。也許就是因為這些活生生的例子，俗氣的自己始終相信：講理念容易講故事難，講人人皆懂、皆能入迷的故事更難，而能隨時把這樣的故事講個不停的人，絕對值得立碑立傳。

條春伯嚴格地說是有自覺的轉述者，至於創作者，我的心目中有兩個。一個是日本導演山田洋次，一個是推理小說家阿嘉莎·克莉絲蒂。

山田洋次創造了寅次郎這個集合所有男人優點跟缺點的角色，在以《男人真命苦》為名的系列下，總共完成百部左右的電影。它們的敘述風格、開頭、結尾的方法不變，唯一改變的是故事，是時代，是遍歷日本小鄉小鎮的場景。數十年來，看《男人真命苦》幾已成為日本人每年的一種儀式，一如新春的神社參拜。

數十年前訪問過山田導演，他說，當他發現電影已然有它被期待的性格時，電影已經不是導演自己的。他說：當所有人都感動於美人魚的歌聲時，你願意為了讓她擁有跟你一樣的腳，而讓她失去人間少有的嗓音嗎？

人間少有的嗓音與動人的歌聲，都來自山田導演絕對自覺的通俗創造。

再如阿嘉莎·克莉絲蒂，如果我們光拿出她說過的故事和聽過她故事的人口數字，就足以嚇死你。五十多年的寫作生涯，她總共寫出六十六本長篇推理小說，外加一百多篇短篇小說和劇本。其中有二十六本推理小說被改編，拍了四十多部電影和電視劇集。作品被翻譯成一百零三種文字的版本，銷量超過二十億本。

夠了。你還想知道什麼？知道二十億本的意義是什麼嗎？二十億本的意義是全世界平均三個人就有一個人讀過她的書，聽過她說的故事。

說來巧合，她和山田洋次一樣，創造出個性鮮明的固定主角（當然，前前後後她弄出來好幾個），然後由他（或是她）帶引我們走進一個犯罪現場，追尋真正的罪犯。

故事就這樣？沒錯，應該說這是通常的架構。那你要我看什麼？不急，真的不急，克莉絲蒂會慢慢冒出一堆足夠讓你疑惑、驚嚇、意外，甚至滿足你的想像力、考驗你的耐心和智商的事件來。

推理小說不都是這樣嗎？你說得沒錯，大部分是這樣，不一樣的是……對了，她像條春伯，像山田洋次，她真會說，而且她用文字說。

文字的敘述可以讓全世界幾代的人「聽」得過癮、「聽」個不停，除了聖經，也許就是克莉絲蒂。她不是神，但她真的夠神。

數十年前，台灣剛剛出現她的推理系列中譯本，那時是我結婚前，常有同齡的文藝青年來我租住的地方借宿，瞄到我在看克莉絲蒂，表情詭異地說：「啊？你在看三毛促銷的這個喔？」

我只記得他抓了一本進廁所，清晨四點多，他敲開我的房門說：「幹，我實在很討厭那個白羅……再拿一本來看看，我跟你說真的，要不是你的書，我真的很想把那個矮儸壓到馬桶吃屎！」

我知道他毀了，愛吃又假客氣，撐著尊嚴騙自己。克莉絲蒂再度優雅地撕破一個高貴的知識份子的假面具，她的手法簡單，那手法叫通俗，絕對自覺的通俗，無與倫比、無法招架的功力。

昔日的文藝青年如今跟我一樣，已然老去，但不時還會看到他寫一些充滿理念和使命感極重的文章，在報紙和雜誌上出現。我知道他要說什麼，只是常常疑惑他想跟誰說；同樣，我記得他說過什麼，但轉眼間忘記他說了什麼。但請原諒我，幾十年前那個晚上，他在我家看完的那兩本克莉絲蒂的小說內容，我可還記得清清楚楚。

也許有一天再遇到他的時候，我會問他之後是否還看過克莉絲蒂其他的書，如果沒有，我會跟他說，想讀要趁早，因為你會老、會來不及。至於白羅那個矮儸，大概永遠不會消失。哦，對了，還有一個叫瑪波，你說不定會來不及認識……

瑪波小姐——洞明世事，仍不失對人情的寬諒

吳曉樂（作家）

瑪波小姐是阿嘉莎．克莉絲蒂筆下的兩名神探之一，名氣不若白羅響亮，支持者倒是挺死忠專情。她也是推理小說界「女偵探」的第一把交椅，至今仍無人能動搖其地位。瑪波小姐系列合計有十二本長篇、兩本短篇小說集。以及一篇收錄於《哪個聖誕布丁？》的小說〈葛林蕭的笑話〉。常有讀者受「小姐」二字所誘，誤信瑪波小姐是妙齡少女，但英文中，未婚女性一律以Miss稱之，實際上，瑪波小姐已六十好幾。按照蓋達克警官的形容，「她的模樣非常蒼老，頭髮雪白，粉紅的臉上布滿皺紋，一對藍色眸子柔和且真摯無邪」。

瑪波小姐亦是知名的「安樂椅神探」，她的歲數與支氣管炎等痼疾限縮了她奔走的範疇。大部分時間，瑪波小姐僅在英國村鎮裡穿梭，一邊喝茶，一邊傾聽案件相關的陳述。克莉絲蒂刻意將筆下兩位神探做出區隔，白羅是比利時難民，案件時常顯現壯闊的異國情調，瑪波小姐系列則洋溢著恬謐、悠哉的英國小鎮氛圍。瑪波小姐經手的案件，多半以某座莊

園、公館為中心，在傭人、園丁、廚師、仕紳與貴婦人等交織而成的人際網絡裡，一樁樁謀殺案就此鋪展。

瑪波小姐的經歷有些神祕，讀者只能從她談及自己的稀少橋段，拼湊出模糊的過往：她接受良好教育，曾待過佛羅倫斯的寄宿學校，一度從事過護理工作。再從瑪波小姐坐擁房產、生活講究等細節，我們不難勾勒她中產階級的出身。上述資訊，幾乎是我們能得知的全部了。

至於瑪波小姐的個性，我想徵用瑪波小姐首次登場《牧師公館謀殺案》的語句：「她是村子裡最壞的女人，總是知道每一件事，並且做出最悲觀的推斷。」「在英格蘭，任何偵探也比不上一個上了年紀又有很多閒暇的老處女。」「拿望遠鏡賞鳥的習慣也總是讓她別有收穫。」從這些褒貶相依的評價，我們首先歸納出一些結論：瑪波小姐有些好管閒事，城府也深，偏偏她的判斷比誰都趨近真相。

更細緻地分析，瑪波小姐「溫和無害，乍看糊塗」的表象，是最天然的保護色。與她搭話的人物，屢屢在輕敵的狀態下鬆懈心防，下意識就吐露原先拚命掩藏的犯案痕跡。其次，瑪波小姐認為人性並不複雜，若我們悉心諦視，必能察覺其中的「共性」。她的外甥雷蒙・衛司曾將聖瑪莉米德村喻為「一潭死水」，瑪波小姐則認定死水若放在顯微鏡底下，「其實生機盎然」，而她所謂的顯微鏡，或許指涉了鄉村背景。鄉村生活人情緊密，有助瑪波小姐近距離蒐集人性的不同臉譜。我個人認為，瑪波小姐最專長的辦案手法是「數據分析」，她常將案發現場的樣本扔入聖瑪莉米德村——她的「人性資料庫」，進行搜尋和比對，一旦辨識出相似的行為態樣，接下來她將安坐椅上，預估其發展。是以瑪波小姐一再「後發先至」，她抵達現場的時間總是不無「遲到」的味道，不過待她釐清人物之間的譜系和利害關係，旋即能夠盤整出一些關鍵，為案件帶來重大突破。

瑪波小姐以閒談獲取的情報，都顯得那麼普通、不起眼，她卻能如同手上的編織活，這一針那一線巧妙地穿引，後續再輕輕一扯，將線索行雲流水地組織起來。瑪波小姐深諳自往昔的歲月萃取珍貴的經驗，舉例來說，有一回，她以「聖靈降臨節過後的週一，園丁必不上班」為由，輕易識破一則謊言；也有一回，她從「發音方式」捕捉到講述者的故弄玄虛。

初識瑪波的讀者，我建議以短篇小說《十三個難題》為前菜，篇幅短小，清爽不占空間，品嘗的餘韻足夠引發興致。至於長篇，我心儀《殺人一瞬間》，此作推理成分相對清淡，架構上更接近「豪門恩怨肥皂劇」，序幕即嵌入一場駭人的畫面，將讀者牢牢地鉤入劇情。辦案過程中，瑪波小姐另聘慧黠迷人的露希小姐，潛入疑雲重重的鹿瑟福。兩位小姐的視角頻仍轉換，前場後場的調度十分緊湊，讓讀者捨不得輕易暫停。克莉絲蒂向來很節制「愛情」的著墨，但在此作，她給露希小姐點綴了幾許風花雪月，時至今日，露希小姐情歸何處，是海內外讀者樂此不疲的謎題。而在《死亡不長眠》中，步履蹣跚的瑪波小姐擔憂一對年輕夫婦，不惜啟程遠行，讓我們見到她慈幼的一面。《加勒比海疑雲》也帶給我相當的樂趣，見瑪波小姐與毒舌老富翁拉斐爾搭檔，完成第一次在國外大展長才的紀錄，很是過癮。續作《復仇女神》，拉斐爾已逝，留下一封報酬頗豐的委託，瑪波小姐積極走入謎團，讀者可以看清她心中晃蕩不止的漣漪。瑪波小姐追憶拉斐爾的絮語，我認為是全系列裡罕有的「情愫」展現。

瑪波小姐還有項令人歆羨的本事：她的才華普遍獲得男性同儕的認同。亨利爵士稱她「本人絕無僅有，四星級睿智的紅粉知己，老太婆中的超級老太婆」。尼勒警官如此形容她：「為人正直，具有無可指摘的正義感。」時間跨幅長久的蓋達克警官更是五顆星好評：「瑪波小姐能夠用最大限度的鎮靜來思考謀殺、猝死，以及各種真實罪案。」

按照出版年代，《瑪波小姐的完結篇》是瑪波小姐最後一次現身。若以氛圍而言，我認為《破鏡謀殺案》裡瑪波小姐的自述，更適切地傳達出這位天才神探正緩緩邁向遲暮，「人必須面對現實：聖瑪莉米德昔日風貌不再。當然，從某種意義上說，沒有一樣東西能一如往昔。你可以怪罪戰爭（兩次世界大戰），怪罪年輕這一代，或者出去工作的女人，或者原子彈，或者政府，但其實你真正不滿的只是一個簡單的事實：你正在變老」。瑪波小姐信任的傭人凋零，外甥為她聘請的女傭竟把她視為昏聵無知、需要悉心呵護的老人家。萬幸的是，摯友荷大克醫師捎來了慰藉，他認為瑪波小姐最合適的藥方就是：一場謀殺案。這舉止點醒了讀者，縱使低調不鋪張，瑪波小姐依然、無庸置疑地對辦案懷有莫大熱情。

文章的尾聲，我要再次回到瑪波小姐的人性觀，她雖堅稱「最無情的猜測往往都會被證實為真」，倒也不吝坦承「我總是對人性抱著希望」。這位英國小姐的魅力自然流淌，她洞明世事，仍不失對人情的寬諒。

獻詞

阿嘉莎・克莉絲蒂是世界讀者最眾，也最廣受喜愛的女作家。
身為克莉絲蒂的孫兒，我相信奶奶會非常樂見這次出版，
因為她極以自己作品中的趣味與娛樂為豪。
歡迎所有喜歡本系列的台灣新讀者參與這場饗宴！

——馬修・培察（Mathew Prichard）

01 一棟房子

昆妲．瑞德站在碼頭上，身子微微顫抖著。

船塢、海關小屋和她放眼可及的一切英格蘭景物，都在輕輕緩緩地隨波浮動。

就在這個時候，她做了一項決定……一項即將引發一些重大事件的決定。

她放棄原先的計畫，不打算搭海陸聯運的火車到倫敦去。

唉，何必呢？又沒人在等她、在企盼她。她剛剛才擺脫那艘起伏波動、嘰嘎作響的船隻（船隻駛進海灣，北上普利茅斯港靠岸的三天航程，令人飽受折磨），她可不想接著再踏上一列搖晃顛簸的火車。她要到一家飯店去，一家穩穩站在踏實土地上的飯店。然後她要躺在一張不會吱嘎作響、不會左右滾動、穩穩又當當的床上。然後她要好好睡一覺，到第二天早上——對了，當然啦，多麼好的一個主意——她要租一輛車，不慌不忙地慢慢開著，在英格蘭南部找一棟房子，一棟好房子……她和吉爾斯說好由她來找房子。嗯，這是個好主意。

這樣一來，她就可以看看英格蘭……那個吉爾斯告訴她而她從未看過的英格蘭；雖然她叫這裡「家鄉」，就像大部分的紐西蘭人一樣。此時，英格蘭看起來並不特別迷人。天空灰沉沉的，雨滴隨時會落下來，惱人的疾風猛吹。她隨著一列排隊等候驗關的人群向前挪動，心想，普利茅斯可能不是英格蘭最好的地方。

然而，第二天早上，她的感受完全不同了。陽光普照，窗外景色迷人。大地不再搖晃起伏，一切都已安穩下來。所以，這就是英格蘭了，而她，昆妲．瑞德，芳齡二十一的新婚少婦，就踏在英格蘭的土地上，開始她的旅途。吉爾斯不確定何時回英格蘭。他可能隨她之後幾星期就來，也可能長達六個月之久。他建議昆妲在他之前來英格蘭，同時找一棟合適的房子。他們倆都認為，找個永久的家是個好主意。吉爾斯由於工作的關係，經常要出外旅行。有時候昆妲會跟著他去，有時候則情況不允許。不過他們倆都喜歡這個主意……擁有一處屬於他們自己的家。吉爾斯最近繼承了一位姑媽遺留給他的家具，綜合各項條件之後，找個家的主意看來合理又切合實際。

由於昆妲和吉爾斯還算富裕，因此往後的生活不會有什麼困難。

昆妲起初反對由她自己一個人來挑房子。

「我們應該一起去找。」她說。

但是吉爾斯笑著說：「我對房子不太在行。如果你喜歡，我就會喜歡。要有個小花園，當然啦，不要新得嚇人，而且不要太大。我想最好坐落在南部沿岸。總之，不要太靠近內陸就好了。」

「有沒有想到什麼特別的地方？」昆妲問。

吉爾斯回說沒有。他自小就是個孤兒（他們倆都是孤兒），假期輪流到親戚家度過，沒有任何一個地方令他特別眷戀，因此昆妲儘管隨她的意思找。如果要等到他們能一起去找，萬一他得耽擱個半年才能啟程怎麼辦？這段時間昆妲要幹嘛？在一家家飯店裡閒蕩？不，她得找棟房子安頓下來。

「你的意思是，」昆妲說，「一切由我包辦！」

不過她喜歡這個主意……找棟房子當住家，在吉爾斯回來之前，把一切料理好，舒舒服服地住進去。

他們剛結婚三個月，她非常愛他。

在床上吃過早餐之後，昆妲起床，安排她的計畫。她花了一天時間遊覽普利茅斯，倍覺享受。第二天，她租了一輛舒適的戴姆勒，外帶司機，開始她的英格蘭之旅。

這天氣候宜人，她的旅途非常愉快。她在德文郡看了幾處房子，但是沒有覺得適合的。不急，她可以慢慢再找。她學會了仔細研判房屋仲介的文字噱頭，省掉不少白跑一趟的冤枉路。

大約在一個星期後的星期二傍晚，她乘坐的車子輕巧地滑入一條迷人的彎曲山路，駛進第茅斯，繼續前行到一處依舊迷人的海濱樂園外圍，經過一塊「吉屋出售」的看牌……看牌之後的樹林，隱隱約約可以看到一棟白色的維多利亞時代小別墅。

昆妲霎時感到一陣似曾相識的悸動……簡直幾近於熟識的奇妙感覺。這就是她的房子！她的心裡已經確定。她能在腦海裡描繪出那裡的花園、一扇扇長長的窗戶……她確信這正是她想要的房子。

天色已晚，因此她投宿在克拉倫斯皇家大飯店。第二天一早，她便循著她從看牌上記下來的地址去找房屋仲介。

不久之後，她已帶著一張房屋仲介開給她的看屋證明書，站在別墅中那老式長客廳裡，客廳的兩扇法式落地窗開向鋪砌石板的庭院露台，露台前是一處散布著花叢的庭園假山，再下去是一片綠草坪，透過花園底部的樹木縫隙，可以看到海。

這是我的房子，昆妲心想，這是「家」。我深深感覺到我認識這裡的一草一木。

房門打開，一個高大、憂鬱的婦人走了進來，她顯然得了感冒，不斷抽鼻子。

「漢桂太太嗎？我有一張加爾布暨潘得利公司的證明書，恐怕我是來得太早了……」

漢桂太太擤擤鼻子，憂傷地說沒關係。她們開始了「房屋之旅」。

嗯，恰到好處，不會太大。有點老式，不過她和吉爾斯可以再加一兩間浴室。廚房可以讓它現代化。運氣不錯，廚房裡已經有一套阿嘉爐具。再添上一座新水槽和一些現代化設備……

昆妲專心地不停計畫著，耳中不斷傳來漢桂太太懶懶細述她先生漢桂少校死前的病狀。

昆妲分身為二，一半的她不時發出表示安慰、同情和了解的話語。漢桂太太的家人都住在肯特，她急於搬過去住在他們附近……少校非常喜歡第茅斯，在這裡做了好幾年的高爾夫球俱樂部總幹事，但是她自己……

「是的，當然啦，對你來說很麻煩……非常自然……是的，療養院就是那樣……當然，你一定是……」

而另一半的昆妲則飛快地想著：這裡有座小櫥櫃，我想……果然有。雙人房，看海的好地方，吉爾斯會喜歡……相當有用的小房間，吉爾斯可以把它當作化妝室……浴室，我料想浴池四周都是桃花心木……噢，是的，果然是！多可愛啊，就在浴室中間！我不要改變那個，那具有時代風味！

這麼大的一個浴池！

可以在浴池四周擺上蘋果，還有小帆船……和彩鴨！你可以假裝你是在海裡……我知道了，我們把後面多出來的那個陰暗房間改裝成兩間完全現代化的綠色、鉻黃色調浴室……房間就在廚房上頭，連接水管應該不成問題……這間保留原狀……

「胸膜炎，」漢桂太太說，「第三天就惡化成肺炎……」

「真可怕。」昆妲說，「這條走道的盡頭是不是還有一間臥房？」

果然有，而且正是她所想像的那種房間，幾近於圓形，有一扇大弓形窗。她得重新裝潢，當然啦。房間大致還不錯，但為什麼就是有人像漢桂太太一樣喜歡把牆壁漆成芥末餅乾的色調？

她們沿著走廊往回走。昆妲喃喃自語：「六間，不，七間臥房……連那個小房間和閣樓一起算進去的話。」

地板隨著她的腳步發出細微的嘰嘎聲。她已感到是她而不是漢桂太太住在這裡！漢桂太太是個闖入者……一個把房間弄成芥末餅乾色而且喜歡在客廳弄些紫藤橫飾帶的婦人。昆妲瞄瞄手中打字的文件，上面記載著產權細目以及房價。

經過了幾天的磨練，昆妲已經對房價行情相當熟悉。這棟房子索價並不高……當然啦，還需要花些錢裝修，予以現代化；不過即使如此……她注意到上面的註明：「歡迎議價」。漢桂太太一定非常急著搬到肯特郡「她家人」的附近……

她們正在下樓梯時，昆妲突然感到一波沒來由的恐懼感襲向她。一種令人噁心的感覺，來得快去得也快。然而卻激起她一個新念頭。

「這房子不會是……鬼屋吧？」昆妲問道。

走在她前面一級樓梯、正說到漢桂少校快速衰弱下去的漢桂太太抬起頭來，受到侮辱般地看著她。

「就我所知並不是，瑞德太太。為什麼……是不是有人對你這樣說過？」

「你自己從沒感到或見過任何異樣？沒有人在這裡死掉？」

一個相當不妙的問題，她想到時已經晚了一秒鐘，因為可想而知漢桂少校……

「我先生是在聖摩利卡的療養院去世。」漢桂太太聲音僵冷地說。

「噢，當然，你告訴過我。」

漢桂太太繼續以相當冰冷的態度說：「一棟想必已有一百年左右歷史的房子，有人在裡面去世是很正常的現象。七年前我先生向艾渥西小姐買下這棟房子時，她健康情況非常好，而且計畫出國傳道，她沒有提過她家人逝世的事。」

昆妲趕緊把憂鬱的漢桂太太的怒氣平息下去。她們現在再度來到客廳。這是個安詳、迷人的房間，具有昆妲貪羨的氣氛。她剛才一時的恐慌之感似乎相當難以理解。她是怎麼啦？這棟房子並沒有什麼不對勁。

她問漢桂太太是否可以到花園去看看，然後跨過法式落地窗，來到庭院露台上。

昆妲心想，這裡應該有階梯下通草坪。

然而並沒有階梯，取而代之的是一大叢高聳的連翹屬植物，它們似乎自己在這個地方冒了出來，遮住了看海的視線。

昆妲對自己點點頭。她要把這些都改掉。

她隨著漢桂太太身後，走到庭院露台的盡頭，拾階而下，走向草坪。她發現庭園假山荒蕪已久，雜草叢生，大部分開花的矮樹叢都需要修剪一番。

漢桂太太喃喃抱歉說這花園已經相當荒蕪了。只請得起一個人一個星期來兩次，而他又經常不見人影。

她們看了一下面積雖小但恰到好處的菜園，然後回到房子裡去。昆妲解釋說，她還有其他房子要去看看，雖然她非常喜歡「坡園」（多平庸的屋名！），但是無法馬上決定。

漢桂太太渴望地看了她一眼，餘音嫋嫋地長長抽了一下鼻子，終於與她分手。

昆妲回到房屋仲介那裡，出了價，附帶條件是做過房屋狀況調查後再敲定，然後她利用上午剩下的時間，在第茅斯四處逛逛。這是個迷人、古老的海濱小鎮。小鎮的盡頭……具有「現代」色彩的一邊，有一兩家外觀新穎的飯店和一些看來粗陋的平房，然而依山傍海的地理環境侷限，倒免除了第茅斯盲目擴張之害。

午餐後，昆妲接到房屋仲介打來的電話說，漢桂太太接受她所出的價錢。昆妲唇上掛著一抹淘氣的笑意，前往電信局打了電報給吉爾斯：「已買了一棟房子。並致愛意。昆妲。」

「這可以逗他高興，」昆妲自言自語，「讓他知道我可不是在虛度光陰。」

02 壁紙

一個月過去了，昆妲已搬進坡園。吉爾斯他姑媽的家具也已搬運進來，安置在室內，都是一些舊時代的精品。有一兩座過大的衣櫥，昆妲把它們賣掉了；其餘的都很合適，與房子搭配和諧。幾張華麗的混凝紙小桌擺在客廳裡，鑲飾著青貝，繪有樓閣和玫瑰。還有一張呆板的小縫紉桌，底下附有一個深褐色的絲質集物袋、一張帶抽屜的紫檀大桌，以及一張桃花心木茶几。

一些所謂的休閒椅，昆妲都把它們放逐到各個臥房去，同時為自己和吉爾斯買了兩張柔軟寬適的懶人椅分置壁爐兩側。一張大型沙發靠窗擺著。窗簾昆妲挑的是老式的淺蛋殼藍棉布，上面印有一本正經的玫瑰花圃和黃色小鳥。這下，她思量著，客廳就很棒了。

她還不算把一切安頓好了，因為工人還在屋子裡。他們現在應該已經完工離去了才是，但是昆妲想得沒錯，在還沒搬進來住之前，他們是不會離去的。

廚房的改裝工程已經完成，兩間新浴室也差不多完工了。進一步的裝修，昆妲想暫緩一下。她需要時間品味一下她的新家，好好決定她想要的臥房色調。房子看起來真的十分有條不紊，沒有必要急著一下把每件事都做好。

廚房裡現在已經找來一位古荷太太，一位謙遜莊重的淑女，對昆妲過於民主的友善態度不甚苟同。然而在昆妲放心地聘用她之後，她也樂於沉浸在昆妲的民主作風之中，鬆弛自己一向嚴謹的態度。

在這個特別的早晨，古荷太太把早餐端進昆妲的房裡，讓她在床上享用。

「家裡沒有男士，」古荷太太斷言，「女士都寧可在床上進早餐。」

昆妲樂於服膺這想必是英國式的規範。

「今天早上吃炒蛋，」古荷太太說，「你說過要吃什麼燻鱈魚，但是你不會喜歡在臥室裡吃那種東西，那會留下一股腥味。晚餐時我會弄給你吃，加奶油夾吐司。」

「噢，謝謝你，古荷太太。」

古荷太太高雅地一笑，準備退下去。

昆妲沒睡那間雙人房，那可以等到吉爾斯回來再說。她暫時先睡最後面的那間臥房，有個圓形牆面和弓形窗的那間。在這房間裡她感到非常自在而快樂。

她環顧周遭，情不自禁地大聲說：「我好喜歡這個房間。」

古荷太太縱情四顧。

「這是個好房間，太太，雖然小了一點。從窗戶上裝設的鐵條看來，這以前一定是間嬰兒房。」

「我倒沒想到，也許是吧。」

「啊，明擺著就是，」古荷太太說，帶著暗示的語氣，同時退下去。「一旦這房子裡有了男士，」她似乎是在說，「誰知道，說不定就用得上嬰兒房了。」

昆妲臉色緋紅。她四處觀看。嬰兒房？嗯，這是間很好的嬰兒房。她開始在腦海裡裝潢起這個嬰兒房。那邊靠牆擺一棟洋娃娃的房子；一座低矮的櫥櫃，裡面擺滿玩具。壁爐裡的火愉快地燃燒著，四周圍上高高的護柵，柵欄上晾著東西。但是牆壁不能用這惹人嫌的芥末色。不，她要換上五彩繽紛的壁紙，明亮而令人心情愉快的壁紙。一束束的罌粟花，穿插著一束束的矢車菊……嗯，一定很可愛。她要試著找這樣的壁紙。她覺得她以前在什麼地方見過這樣的壁紙。

這個房間不需要太多家具。裡面有兩座固定在牆壁裡的櫥子，不過其中一座——角落的那座——鎖住了，而且鑰匙不見了。事實上那座櫥子在粉刷牆壁時也一起被油漆蓋住，因此可能已有好幾年沒打開過了。她一定要在工人離去之前叫他們來打開。因為她放衣服的地方不夠。

住在坡園，她一天比一天更有「家」的感覺……

隨後，她聽到一聲沉重的清喉聲和短促的乾咳從敞開的窗戶傳進來，遂急忙吃完早餐。

佛斯特，那倔強易怒的臨時園丁，一向說話不太算話的傢伙，今天應該如期而來了。

昆妲洗了個澡，梳好妝，穿上一件斜紋軟呢裙和毛衣，匆匆走出去到花園裡。佛斯特正在客廳的窗外工作。昆妲的第一個要求是要他從這裡修築一條小徑穿過庭園假山。佛斯特初時並不聽她的話，說這樣一來那些連翹屬植物還有紫丁香就完了。但是昆妲意志堅決，因而他現在正相當熱心地工作著。

他以咯咯咯的笑聲向她打招呼。

「你好像要恢復舊觀一樣，小姐。」（他堅持稱呼昆妲「小姐」。）

「恢復舊觀？怎麼說？」

佛斯特輕敲他手中的鏟子。

「我無意中發現了舊有的階梯——你知道，順著這裡下去——正好和你想要開闢的小徑路線一樣。看來是有人種了那些東西，把原來的小徑掩蓋住了。」

「他們真是笨透了，」昆妲說，「我們需要一條景觀線，從客廳窗口望向草坪一直看到海。」

佛斯特不太明瞭她所謂的「景觀線」，不過謹慎而勉強地同意她的看法。

「你知道，我並沒說這不是一項改進——做個景觀線——那些矮樹叢的確讓客廳顯得十分陰暗。可是它們長得也真茂盛，從沒見過像這樣健壯的連翹。紫丁香倒不多，不過它們的株苗可要花不少錢，而且你知道，它們太老了，無法移植到別的地方。」

「噢，我知道。但是這樣一來就好得太多太多了。」

「好吧，」佛斯特搔搔頭皮。「也許是吧。」

「那好，」昆妲點點頭。她突然問：「在漢桂夫婦之前，誰住過這裡？他們不是在這裡住很久，對吧？」

「大概六年吧。住不來這種地方……在他們之前？是艾渥西小姐他們，非常虔誠的教徒，革新教會派的，異教傳道人。她們曾讓一個黑人教士住在這裡。她們一共四個姐妹，還有一個弟弟……不過他不太常來看她們。在他們之前，我想想看……是芬迪生太太。啊！她是真正的淑女階級，她是。她夠格住這種地方。在我出生之前她就住在這裡了。」

「她在這裡去世的嗎？」昆妲問。

「在埃及或哪裡去世的。不過他們把她的屍體運回來，葬在教堂後園裡。那株木蘭和那些唇瓣花是她栽的；還有那些麻薊。她喜歡灌木類。」

佛斯特繼續說：「那時山邊那些新房子還沒有蓋起來，可以說是荒郊僻壤。沒有戲院，而且沒有新式店鋪，或是前面那一排囂張的房子！」他的語氣帶有老年人對新事物的不以為然。「改變，」他哼了一聲說，「只知道改變。」

「我想所有的事物都注定要改變的，」昆妲說，「再說，如今是進步了很多，不是嗎？」

「他們是這樣說的，我倒是沒注意。改變！」他指著左前方透過樹籬隱約可見的一棟建築。「那裡以前是家小醫院，以前，」他說，「是個好地方，而且方便。後來他們跑到離鎮上將近一里路的地方去蓋了個大醫院。要是你想去那裡探病得步行個二十分鐘……或是花三便士搭公車。」他再度指向樹籬。「現在那裡成了女子學校。十年前遷進來的。隨時都在改變。時下的人們花錢買下一棟房子，住個十年、十二年，然後就走了，定不下來。這樣有什麼好？除非你眼光放遠，否則是種不出什麼好東西來的。」

昆妲深情地注視著那株木蘭。

「就像芬迪生太太一樣。」她說。

「嗯，她是規規矩矩的那種人。做新娘時來這裡，養育子女成人，幫他們嫁娶，安葬她的先生，夏天時找孫子女來這裡，安享天年到八十歲才去世。」

佛斯特的語氣帶著溫煦的讚賞意味。

昆妲帶著微笑回到屋子裡。

她和工人談了點事，然後回到客廳，坐在書桌前寫信。在那些待回的信件中，有一封來自吉爾斯某個住在倫敦的表哥。他請她隨時想到倫敦去時住到他家去，他在倫敦切爾西區有一棟房子。

雷蒙．衛司是個出名的小說家（不僅是受歡迎而已），而他太太瓊恩，昆妲知道，是個畫家。去和他們住在一起一定很有趣，縱使他們或許會認為她是個俗氣得要命的人。吉爾斯和我都不是知識份子，昆妲心想。

門廳那座宏亮的盤形鐘傳來莊嚴的鳴響，這座雕工繁複糾結的黑木盤形鐘，是吉爾斯姑媽的珍藏之一。古荷太太似乎從使它發出鳴響中得到莫大的樂趣，所以總是把發條上到底。昆妲雙手掩耳站了起來。

她快步走過客廳，來到靠裡邊那扇窗戶的牆前，這時突然停住腳步，發出困惱的驚呼聲。她已是第三次這樣了。她似乎老以為能穿過堅實的牆壁到隔壁的飯廳去。

她轉身走回去，向外進入前廳，然後繞過客廳的牆角，走到飯廳去。要繞這麼一大圈，冬天時一定叫人懊惱，因為前廳透風，而只有客廳、飯廳和樓上的兩間臥房裝設有中央暖氣系統。

昆妲坐在她剛大手筆買來的薛萊頓精美餐桌旁（這張餐桌是用來代替賴凡德姑媽那張大而無當的桃花心木方桌），心中想道，我看不出為什麼我不能在客廳和飯廳之間打通一道門。今天下午西姆士先生來時，我要和他談談這件事。

西姆士先生是營造裝潢商，一個具有說服力的中年人，講話聲音粗嗄，手上隨時備有一本小筆記本，以便記下客戶臨時想起的花錢點子。

她和他磋商時，西姆士先生非常賞識她的想法。

「這是最簡單不過的事，瑞德太太，而且是一大改進……如果可以這麼說的話。」

「會不會很花錢？」

昆妲現在已對西姆士先生的贊同和熱心感到有點懷疑。他們曾經為了一些不包括在西姆士先生估價單裡的額外費用有過不愉快的經驗。

「一點點小錢而已。」西姆士先生說，他粗嗄的聲音顯得寬大可靠。

昆妲一聽，更加懷疑。她已學乖了，不相信西姆士先生所謂的「一點點小錢」。他直率的估價倒還算是公允。

「這樣好了，瑞德太太，」西姆士先生巧言誘哄說，「等下午泰勒完成化妝室之後，我讓他來看一下，然後我就可以給你一個正確的數目。要看這道牆的結構而定。」

昆妲同意。

她寫信給瓊恩．衛司，謝謝她的邀請，但是說她目前無法離開第茅斯，因為她要監工。然後她出去屋前散步，享受海濱微風的吹拂。她回到客廳，西姆士先生的工頭泰勒在角落那邊站直身子，對她咧嘴一笑打招呼。

「這沒什麼困難，瑞德太太，」他說，「以前這裡本來就有一道門。有人不想要這道門，就把它堵住了。」

昆妲一聽，感到驚訝。

多麼奇怪的事，她想，我似乎一直感到有一道門在那裡。她想起午餐時她那麼自信地走向那裡。想到這裡，她突然不安地顫抖起來。不想還好，一想起來，就覺得這真是相當古怪……為什麼她那麼確信那裡有一道門？它的外表看起來根本沒有門的痕跡。她怎麼猜中甚至知道有一道門就在那裡？當然，有一道門通到飯廳去也很自然，但為什麼她總是那麼正確無誤地走向原來那道門的所在位置？在牆上任何一個位置開一道門都一樣方便，但為什麼她總是那麼自動地、即使腦子裡想著其他事，就走向那道門的所在之處？
我希望，昆妲不安地想著，我不會是具有透視力或什麼的……
她一向沒有任何特殊的心靈感應能力，她不是那種人。難道她是？外面那條從庭院露台穿過矮樹叢直通草坪的小徑……當她堅持照那個路線修築時，是不是她早就知道那裡原來就有一條小徑？
也許我是有點超自然的心靈感應能力，昆妲不安地想著。或根本是和這棟房子有關？為什麼那天她會問漢桂太太這棟房子是不是鬼屋？
這不是鬼屋！這是一棟可愛的房子！這棟房子不可能不對勁。再說，漢桂太太似乎對她這個想法相當驚訝。
或是她的態度有點保留、機警的意味？
天啊，我開始胡思亂想了，昆妲心想。
她費力地拉回自己的思緒，和泰勒討論打通那道門的事。
「還有一件事，」她在談完那道門之後又說，「樓上我的房間裡有個櫥子卡死了，我想打開它。」
泰勒隨她上樓查看那個櫥子的門。
「上面刷過了不只一次的油漆，」他說，「可以的話，我明天找人打開。」
昆妲同意，泰勒隨即離去。

那天晚上，昆妲感到神經緊張、心神不寧。她坐在客廳裡，試著想看書，但家具的吱嘎聲聲聲入耳。她曾經一兩次回過頭看看身後，身子直發抖。她一再重複告訴自己，那道門和那條小徑的事並沒有什麼，純粹只是巧合而已。不管怎麼說，那只是純然出自她常識判斷的結果。

雖然她自己不承認，但是她確實對上樓睡覺感到緊張。在她終於站起來、關掉燈、打開客廳的門走進門廳時，發現自己很害怕上樓。她幾乎是用跑的上去，並匆匆走過通道，打開她的房門。一旦進了房間，她立即感到恐懼平息了下來。她深情地環顧室內。在這個房間裡，她感到安全而且快樂。沒錯，她在這裡，她安全了（安全什麼，你這白癡？她自問）。她看著攤在床上的睡衣以及睡衣下的拖鞋。

她如釋重負地上床去，不久便睡著了。

第二天上午，她到鎮上辦了一些事，回來時已是午餐時間。

「他們已經把你臥房裡的那個櫥子打開了，太太。」古荷太太端進精心料理的油炸叻沙魚、馬鈴薯泥和奶油胡蘿蔔時說。

「噢，好。」昆妲說。

她覺得很餓，午餐吃得津津有味。在客廳喝過咖啡後，才上樓回到臥房。她走過去，拉開角落那座櫥子的門。

然後她發出一小聲驚叫，站在那裡凝視著……

櫥子裡露出原先壁面採用的壁紙（其餘的牆面都改用黃色油漆刷過），這房間曾貼著令人賞心悅目的印花壁紙，一束束深紅色的罌粟花，穿插著一叢叢的藍色矢車菊……

§

昆妲站在那裡凝視良久，然後全身顫抖著走回床邊，坐在床上。

她身處一棟她以前從沒來過的房子，在一個她從未來過的國家，而就在兩天前，她躺在這張床上，想像著要為這房間貼上的壁紙……竟正好與原先所貼的壁紙完全相同。

各種不著邊際的解釋在她的腦海裡翻滾著。鄧尼，「時光試驗」，透視未來而不是過去……

她可以把那條花園小徑和那道門的事情解釋為巧合，不過這壁紙的事絕不可能是巧合。你不可能在腦海裡想像出這麼特別式樣的壁紙，然後就出現了正如你所想像的壁紙……不，一定有她不知道的解釋，而這……是的，讓她感到害怕。她不時地看到……不是未來，而是過去，過去這棟房子的景象。她隨時可能再次看到她並不想看到的東西……這棟房子令她感到害怕。然而，是這棟房子還是她自己令她感到害怕呢？她並不想讓自己成為具有透視力的人……

她深深吸了一口氣，戴上帽子，穿上外套，很快地溜出門去。在電信局裡，她發出了如下的電報：

衛司先生，倫敦切爾西區艾德衛廣場十九號。我可不可以改變主意明天到你們家，昆妲。

她以「回電費預付」發出。

03

「掩住她的臉……」

雷蒙．衛司和他太太極盡所能地讓吉爾斯年輕的太太感到賓至如歸。昆妲暗自覺得他們相當嚇人，不過這不是他們的錯。雷蒙古怪的容貌，有點像隻凶猛的大烏鴉，他拂掠頭髮的動作，突兀、高昂、相當難以理解的談話，在在令昆妲雙眼圓睜、神經緊張。他和瓊恩講的都是他們之間特有的語言。昆妲以往從未沉浸在知識份子的氛圍之中，所有的用語對她來說都是陌生的。

「我們已計畫好帶你去看幾齣戲。」雷蒙說。

昆妲正喝著琴酒，其實她比較希望在旅途之後能喝杯茶。但這一聽她立即開朗了起來。

「今晚到馬泉去看芭蕾舞，明天我們慶祝我那了不起的珍姨媽的生日……去看《馬爾菲女爵》，星期五你一定要去看看《他們不用腳走路》這齣戲，由俄文翻譯過來的。我敢說這齣戲絕對是二十年來最具意義的一齣戲。在惠特摩劇場上演。」

昆妲謝謝他們為招待她而安排的這些計畫。吉爾斯回家之後，他們也會和他們一起去觀賞音樂會等等表演。她聽到即將去觀賞《他們不用腳走路》時有點畏怯，不過心想她可能喜歡……只是「意味深長」的戲通常都不討喜。

「你一定會喜歡我的珍姨媽，」雷蒙說，「我該稱她為十足的時代代表人物，徹頭徹尾的維多利亞時代風範。她所有的梳妝台桌腳都包紮著印花棉布。她住在一個村子裡……那種什麼事情都不會發生的小村子，像一潭死水。」

「那裡發生過一件事。」他太太諷刺他說。

「那只是一齣激情的戲碼，赤裸裸的，毫無絕妙之處可言。」

「你當時覺得有趣極了。」瓊恩稍微眨眨眼提醒他。

「我有時候也喜歡玩玩鄉下板球。」雷蒙理直氣壯地說。

「不管怎麼說，珍姨媽在那件謀殺案中有突出的表現。」

「噢，她很聰明，她非常喜歡解答問題。」

「問題？」昆妲說，腦子裡飛快地想到算術。

雷蒙揮揮手。

「任何一種問題。為什麼雜貨商的太太在天氣那麼好的晚上會帶雨傘去參加教堂活動？為什麼一個爛醉如泥的嬌小女郎會在那裡？牧師的白色法衣怎麼啦？……這一切都被我的珍姨媽利用上，巨細靡遺。因此如果你生活中有任何問題，去問她，昆妲，她會給你解答。」

他笑了起來，昆妲也笑了起來，但是笑得並不十分衷心。

第二天，她被引介給珍姨媽，也就是瑪波小姐。瑪波小姐是個可愛的老淑女，瘦瘦高高的，桃色的雙頰，一對藍色的眼睛，態度和藹，有點矜持。她藍色的雙眼經常閃爍著。

在提早吃過晚飯、舉杯敬祝珍姨媽福體康泰之後，他們出發一起去皇家戲院。隨行的有兩位男士，一位老藝術家和一位年輕律師。老藝術家全神貫注在昆妲身上，而年輕律師則周旋在瓊恩和瑪波小姐之間，他似乎非常喜歡聽瑪波小姐說話。然而進了戲院之後，這樣的安排調換了過來。昆妲坐在雷蒙和那位律師之間。

燈光轉弱，戲劇上演。

劇情演來入木三分，昆妲看得津津有味。她沒看過多少一流的戲劇表演。

戲劇漸入尾聲，演到最恐怖的高潮時刻。男演員的聲音充滿了變態、扭曲的悲劇感，從舞台上傳過來。

「掩住她的臉。我的兩眼昏花，年輕的她魂歸西天……」

昆妲放聲尖叫。

她從座椅上跳起來，茫然地推開旁人，擠到走道上，穿過出口，上了樓梯，一路跑到大街上。甚至到了街上，她的腳步也沒有停下來，而是半跑半走，驚惶失措地來到海伊市場。

一直到抵達繁華的皮卡地里街，她才注意到一部慢行招客的空計程車，她招招手，上了計程車，告訴司機切爾西區那棟房子的地址。她手指顫抖地掏錢付車資，踏上門前的台階。

傭人以訝異的眼光看了她一眼，開門讓她進去。

「你提早回來了，小姐。你不舒服嗎？」

「我……不，是的，我……我感到全身虛虛的。」

「想不想喝點什麼，小姐？來點白蘭地？」

「不，什麼都不要。我想直接上床去。」

她跑上樓避開進一步的問話。

她脫掉衣服，隨地丟成一堆，上了床。她躺在那裡全身抖個不停，心跳急促，兩眼直視天花板。

她沒聽到樓下有人回來的聲響，但是大約五分鐘後，房門打開，瑪波小姐走進來。她兩臂各挾著一個熱水袋，手上端著杯子。

昆妲在床上坐了起來，試圖止住顫抖。

「噢，瑪波小姐，我真是非常抱歉。不知道為什麼……我真是糟透了。他們對我非常惱火吧？」

「不要擔心，我的好女孩，」瑪波小姐說，「來，這兩個熱水袋給你暖暖身子。」

「我不需要熱水袋。」

「哦，你需要……這才對。來，把這杯茶喝掉。」

茶水很濃，熱騰騰的，而且加了太多糖，但昆妲還是順從地喝下去。現在她的顫抖減弱了很多。

「來，躺下來好好睡一覺，」瑪波小姐說，「你受驚了，你知道。我們明天早上再談。什麼都別擔心，好好睡一覺就是了。」

她拉上被單，微微一笑，輕輕拍了拍昆妲，然後離去。

樓下雷蒙正暴躁地對瓊恩說：「這女孩到底是怎麼回事？她是不是生病或怎麼啦？」

「我的好雷蒙，我不知道，她就那樣尖叫起來！我想那齣戲對她來說有點恐怖。」

「哦，當然衛伯斯特是有點可怕。但是我不認為……」瑪波小姐走了進來，他說了一半停了下來。「她沒事吧？」

「嗯，我想是沒事。她受了不小的驚嚇，你知道。」

「驚嚇？就因為看了一齣詹姆士一世時代的戲？」

「我想一定不只是這個原因。」瑪波小姐滿腹心思地說。

昆妲的早餐是由僕人送上樓給她的。她喝了些咖啡，細咬了一小片吐司，起身下樓時，瓊恩已經到她的畫室去了，雷蒙則在他的工作室裡，房門緊閉，只有瑪波小姐坐在一扇可以望見小河的窗戶旁，手裡忙著編織毛線。

昆妲走進來時，她抬起頭，臉上掛著平靜的微笑。

「早，我親愛的，希望你覺得好點了。」

「哦，是的，我覺得好多了。不知道昨天晚上我怎麼會出盡洋相。他們……他們很氣我嗎？」

「哦，不，親愛的，他們相當了解。」

「了解什麼？」

瑪波小姐的視線從手中的編織物往上移。

「了解你昨晚受了不小的驚嚇。」她又輕柔地加上一句：「你不覺得，還是告訴我的好？」

昆妲不安地走來走去。

「我想我最好還是去看精神科醫生什麼的。」

「當然，倫敦有優秀的精神科專家。但你確信有必要嗎？」

「噢，我想我快瘋了……我一定是快瘋了。」

一個老女僕用盤子托著一封電報走進來，交給了昆妲。

「送報員想知道要不要回電，太太？」

昆妲撕開電報。電報是拍到第茅斯，再由那裡轉拍過來的。她凝視了電文一會兒，一臉不解的神色，然後揉成一團。

「不要回電。」她機械似地說。

女僕離去。

「我希望不是壞消息吧，親愛的？」

「吉爾斯發來的……我先生。他就要搭機回家，一星期之內就會到。」

她的聲音聽來不知所措而且有悽然的意味。瑪波小姐輕咳一聲。

「哦，當然，那非常好，不是嗎？」

「是嗎？在我不確定我是不是瘋了時？如果我真瘋了，我就不該嫁給吉爾斯。還有那棟房子和一切，我沒有辦法回去那裡。噢，我不知道怎麼辦。」

瑪波小姐拍拍沙發。

「來，坐到這裡來，親愛的，告訴我是怎麼回事。」

昆妲帶著解脫的心情接受她的建議，滔滔不絕地把一切告訴她；從她第一次去看坡園那棟房子開始，說到了那些令她迷惑擔憂的事件。

「所以我有點害怕，」她最後說，「我想到倫敦來，避開那一切。只是，你知道，我無法逃避，那種恐懼感一直跟隨著我。昨天晚上……」

她閉上眼睛回想，噎住了一口氣。

「昨天晚上？」瑪波小姐緊接著說。

「我敢說你不會相信，」昆妲速度非常快地說，「你會認為我歇斯底里或怪裡怪氣。那齣戲我看得津津有味，我完全沒有想到那棟房子。但相當突然，就在結尾時，感覺就來了……青天霹靂似的……當他說那些話時……」

她以低沉顫抖的聲音重述那演員的話：

掩住她的臉，我的兩眼昏花，年輕的她魂歸西天……

「我回到了那裡……在樓梯上，透過扶手欄杆俯視門廳，我看見她躺在那裡……四肢癱軟張開，俯臥在那裡，死了。她的頭髮一片金黃而她的臉一片……一片死藍！她死了，被勒死了，有人用同樣恐怖的聲音，幸災樂禍地說出同樣的話……我看見他的雙手，灰色，皺紋滿布……不是手，是猴子的爪……恐怖極了，我告訴你，她死了……」

瑪波小姐輕柔地問：「誰死了？」

她的回答快速而不加思索：「海倫……」

04 海倫

好一陣子，昆妲一直凝視著瑪波小姐，然後撥開額前的散髮。

「為什麼我會這樣說？」她說，「為什麼我說了『海倫』？我根本不認識任何叫作海倫的人！」

她一臉絕望地垂下雙手。

「你看，」她說，「我瘋了，我在胡思亂想，我老是看到一些不存在的事物！起初只是壁紙……但現在是死人的屍體。看來我是愈來愈嚴重了。」

「不要妄下定論，親愛的……」

「要不然就是那棟房子。那棟房子鬧鬼，或是被人施了魔法什麼的……我知道那裡以前發生過的事，要不然就是知道將要發生的事……那就更糟了。也許一個叫海倫的女人會在那裡被人謀殺……只是我不明白，如果那棟房子真的有鬼，為什麼我離開了那裡，還是看得到這些可怕的事？我真的認為一定是我有毛病，變得怪裡怪氣的。我最好馬上去看精神科醫生，今天早上就去。」

「哦，當然，親愛的昆妲，在你試過各種方法都無效之後，你隨時可以去看醫生。不過，我總是認為，還是先從最簡單、最普通的解釋開始探究起的好。我來弄清楚你所說的事。有三個事件讓你感到心神不寧：一條被花木掩蓋住但是你感覺出在那裡的小徑，一道被堵死的門，和一種完全如你想像但以前從未見過的壁紙。我說的沒錯吧？」

「沒錯。」

「那麼，最簡單、最自然的解釋是……你以前見過它們。」

「你的意思是，上輩子？」

「哦，不，親愛的，我的意思是，這輩子。我是說，那些可能是真實的記憶。」

「但是直到一個月以前，我從未來過英格蘭，瑪波小姐。」

「你相當確定嗎，親愛的？」

「當然確定。我一直住在紐西蘭靠近基督城的地方。」

「你在那裡出生？」

「不，我在印度出生，我父親是個英國軍官。我母親在我生下來一兩年之後就去世了，他把我送到她紐西蘭的親戚家去撫養。幾年之後，他自己也去世了。」

「你不記得從印度到紐西蘭去的經過吧？」

「不怎麼記得。我只記得……相當模糊，在一艘船上，一扇圓窗之類的……舷窗，我想是。還有一個穿著白色制服、紅臉藍眼、下巴有道標記的男人……一道疤痕，我想是。他總愛把我舉起來在半空中拋上拋下逗我玩，我記得我既害怕又喜歡。不過這些記憶都非常片斷。」

「你記不記得有個保母或印度奶媽？」

「不是印度奶媽，是英國奶媽。我記得她，是因為她待了好一段時間，到我五歲。她會剪紙鴨。對了，她也在船上。我因為船長親我時鬍子刺痛了我而大哭，她責罵我。」

「這非常有意思，親愛的，因為你把兩次不同的航行混淆在一起了。其中一次，船長留有鬍子，而另外一次，船長有一張紅臉，下巴有道疤痕。」

「是的，」昆妲想了想。「我想我一定是搞混了。」

「在我看來似乎有可能是，」瑪波小姐說，「你母親去世時，你父親先帶你一起回英格蘭，而且你們就住在坡園那棟房子裡。你告訴過我，你一踏進那棟房子就覺得像是回到家一樣。而且你挑來暫時充當臥房的那個房間，也許就是你的嬰兒房……」

「那是間嬰兒房沒錯，窗子上都裝設有鐵條。」

「你明白了吧？那個房間有令人賞心悅目的矢車菊和罌粟花壁紙。小孩子對他們房裡的牆壁，記憶非常深刻。我一直都還記得我小時候房間牆壁上的淡紫色鳶尾花，而且我猜，在我三歲時又重新貼過壁紙。」

「這也就是我立刻想到玩具、玩偶屋和玩具櫥的緣故？」

「是的。還有那間浴室，那個四周都是桃花心木的浴池。你說你一看到它就想起水鴨在裡面漂浮。」

昆妲深思地說：「沒錯，我好像馬上就知道什麼地方有什麼東西，像廚房，還有放餐巾等等的櫥子。而且我老感覺客廳有一道門直通飯廳。但是我不太可能一來到英格蘭，就正好買到那麼久以前住過的房子吧？」

「這並非不可能，我親愛的。這是個非常令人驚嘆的巧合，而這種巧合的確會發生。你先生想在南海岸買棟房子，你四處尋找，而你路過一棟勾起回憶的房子，吸引住你。不，這並不是不可能的事。我想，如果那棟房子是所謂的鬼屋（或許這樣的稱呼也正確），你的反應就會大大不同。但是你並沒有任何暴戾或嫌惡之感……除了那次走下樓梯俯視門廳時。」

些許害怕的眼神重現在昆妲的眼裡。

她說：「你的意思是，是……海倫，也是真人實事？」

瑪波小姐非常溫柔地說：「哦，我想是的，親愛的……我想我們必須面對現實，如果這一切都是出自你的記憶，那麼那件事當然也是出自你的記憶……」

「也就是，我真的看到某人被殺害、勒死、躺在那裡？」

「我不認為你有意識地知道她被勒死，是昨天晚上那齣戲啟發了你的意識，加上你現在已是成人，知道一張扭曲發藍的臉一定是被人勒死所致。我想一個正在爬下樓梯的小娃娃，還是會了解暴力、死亡和罪惡，同時把這些和一些話聯想在一起……因為我想那個殺人凶手無疑是說過那些話。這對一個小孩子來說是一大驚嚇。小孩子是奇怪的小東西。如果他們嚇壞了，尤其是被一些他們不了解的事嚇壞了，他們會閉口不說，守口如瓶。有時，看似是忘記了，其實仍舊深藏在記憶裡。」

昆妲深吸了一口氣。

「你認為我就是這樣？但是為什麼我現在記不起來？」

「一個人不是存心想記起什麼就記得起來。而且往往愈盡力回想，記憶就愈遙遠。不過有一兩個徵候顯示事情是這樣沒錯。比如說，你剛剛告訴我你昨晚在劇院裡的心緒時，你用的是非常明顯的字眼。你說你好像正『穿過扶手欄杆』俯視……但是就一般正常情況來說，你知道，一個人是不會『穿過』扶手欄杆俯視門廳，而是從欄杆上面看下去。只有小孩子才會『穿過』欄杆往下看。」

「你真聰明。」昆妲讚賞地說。

「這些小事情非常具有意義。」

「不過誰是海倫？」昆妲不知所措地問。

「告訴我，親愛的，你相當確信是『海倫』？」

「是的。這非常奇怪，因為我不知道『海倫』是誰，然而我又知道是她……我的意思是，我知道躺在那裡的是『海倫』……我要怎麼樣才能知道得更多一點？」

「這……我想，顯然是要查出你小時候是否來過英格蘭及其可能性。你的親戚……」

昆妲插嘴說：「艾麗森姨媽。她會知道，我確信。」

「那麼我該寫封航空信給她。告訴她事非得已，你絕對有必要知道你是否曾經住過英格蘭。也許等你先生回來時，你就會收到回信。」

「哦，謝謝你，瑪波小姐，你真是太好了。我真希望你所提示的是真的，因為如果真是這樣，那就沒事了。我的意思是，那就沒什麼不可思議的神奇事了。」

瑪波小姐微微一笑。

「我希望是如同我們所想的。我後天要去英格蘭北部我的一些老朋友家，大約十天之內回來會路過倫敦。要是你和你先生到時候在這裡，或者你收到了回信，我會很好奇，想知道一下結果。」

「當然，親愛的瑪波小姐！無論如何，我想要你見見吉爾斯。他非常討人喜歡。再說，我們可以好好商談一下這件事。」

昆妲至此精神完全復原。

然而，瑪波小姐卻一副心事重重的樣子。

05 追憶中的謀殺

大約十天後，瑪波小姐走進梅菲爾區的一家小旅館，受到瑞德夫婦的熱情接待。

「這是我先生，瑪波小姐。吉爾斯，瑪波小姐待我好得不知道該怎麼說。」

「很高興見到你，瑪波小姐。我聽說昆妲惶恐得差點住進精神病院。」

瑪波小姐溫柔的藍眼中意地打量著吉爾斯．瑞德。一個非常討人喜歡的年輕人，身材高大、金髮白膚，不時因天生的羞怯而眨動眼睛，具有解除對方武裝的作用。她注意到他有個堅定倔強的下顎。

「我們先到那間小候客室喝茶，暗暗的那間，」昆妲說，「沒有人會到那裡。然後我們可以給瑪波小姐看看艾麗森姨媽的信。」

瑪波小姐突然抬起頭來看她的時候，她又說：「是的，回信到了，幾乎和你所想的完全一樣。」

喝過茶，那封航空信被攤開來看。

我最親愛的昆妲：（丹碧小姐這樣寫著）

知道你經歷了一些倍感困擾的事，我非常煩亂不安。老實說，你小時候確實在英格蘭住過一段短時期……這件事我完全忘記了。

你媽媽，我的妹妹梅根，到印度去拜訪我們的一些朋友時，認識了你爸爸哈里迪少校。他們結婚了，而你就在那裡出生。你出生大約兩年後，你媽媽去世。我們都大吃一驚，寫信給你爸爸——我們一直和他通信，但從沒見過他的面——請求他把你託付給我們照顧，因為我們非常樂意接你到我們身邊，而且一個在軍中服役的人拖帶著一個小孩很不方便。但你爸爸拒絕了，他告訴我們他正在辦理退休，要帶你一起回英格蘭。他說他希望我們抽空去那裡看看他。

我知道在回家鄉的船上，你爸爸認識了一個少婦，和她訂婚，而且一回到英格蘭就馬上和她結婚。我猜想，這樁婚姻並不愉快，據我所知，他們大約一年後即告仳離。後來你爸爸寫信給我們，問我們是否仍然願意給你一個家。親愛的，我不用告訴你我們有多高興。你是由一位英國奶媽送到我們這裡，同時你爸爸把他大量的財產遺留給你，而且建議說，你可以姓我們的姓。這，我可以說，在我們看來似乎有點奇怪，但我們覺得那是一番好意，只是我們沒有那樣做。大約一年後，你爸爸在一家療養院去世。我推測，他把你送到我們這裡時，大概已經知道自己身體不佳的壞消息。

我恐怕無法告訴你，你和你父親到英格蘭時住在什麼地方。他當時的信上當然寫有地址，但是現在事隔十八年了，我恐怕記不得這種小事。我知道，是在英格蘭南部……而且我想是第茅斯沒錯。我有個模糊的印象是達特茅斯，因為這兩個名字有點相近。我相信你繼母後來改嫁了，但是我不記得她的姓名，甚至她娘家姓什麼我也不知道，雖然你爸爸在信中提過他續弦的事。我想，我們對他那麼快就續弦感到有點憤慨，不過當然啦，大家都知道，在船上日夜相處，感情滋長很快……而且他可能認為，他續弦對你來說也是件好事。

即使你自己也不記得了，但我一直沒向你提過你住過英格蘭似乎是件愚不可及的事。不過如同我所說的，這件事我已經淡忘了。你媽媽去世和你因而來跟我們住在一起，似乎才是重點所在。

我希望，如今這一切都澄清了吧？

相信吉爾斯不久便能跟你相聚。新婚不久即告兩地相思，對你倆來說都是件難受的事。

餘言下一封信再敘，因為我急於把這封信寄出去，以回覆你的電報。

愛你的姨媽　艾麗森・丹碧

再者：你沒說是什麼令人擔憂的經歷？

「你看，」昆妲說，「幾乎和你所想的完全相同。」

瑪波小姐攤平薄薄的信紙。

「是的，是的，這只是常識判斷。你知道，我發現這一招很有效。」

「哦，我非常感激你，瑪波小姐，」吉爾斯說，「可憐的昆妲擔心極了，而且我必須說，一想起昆妲是透視眼或通靈人士什麼的，我自己就有點擔心。」

「一個妻子有那種能力一定很叫人擔心。」昆妲說，「除非你的生活無懈可擊。」

「我就是那樣。」吉爾斯說。

「那棟房子呢？你們現在對那棟房子有什麼感覺？」瑪波小姐問。

「哦，那沒問題，我們明天就過去，吉爾斯很想去看看。」

「我不知道你是否了解，瑪波小姐，」吉爾斯說，「這等於是說，我們手中握有一件一級謀殺案，實際上就在我們自家門口……或者說得更正確一點，是在我們家的門廳。」

「我想也是，是的。」瑪波小姐緩緩地說。

「吉爾斯就是喜歡偵探故事。」昆妲說。

「哦，我必須說，這是個偵探故事。一個被勒斃的美麗少婦橫陳在門廳裡。除了她的教名之外，大家對她一無所知。當然我知道這是將近二十年以前的事了，事隔這麼久了，不可能有任何線索可尋，但是至少可以找找看，試著找出一些蛛絲馬跡。噢！我敢說這個謎是無法成功解開的……」

「我想你們可能解得開，」瑪波小姐說，「儘管已經事隔十八年了。是的，我認為你們可以。」

「無論如何，試一試總不會有什麼害處吧？」

吉爾斯停頓了下來，面露微笑。

瑪波小姐不安地動動身子，臉色凝重，幾近於困擾的神色。

「但是這可能造成很大的傷害，」她說，「我要給你們一個忠告……噢，是的，我要鄭重告誡你們……不要去惹這件事。」

「不要去惹這件事？放掉屬於我們自己的神祕謀殺案……如果是謀殺的話！」

「是謀殺，我想；而這也正是我不會去惹它的緣故。謀殺不是……真的不是……一件可以輕心招惹的事。」

吉爾斯說：「可是，瑪波小姐，如果每個人都像你這麼想……」

她打斷他的話。

「哦，我知道。有時這是義不容辭的事……一個受到控訴的無辜者、一些平白遭到懷疑的人們，而凶手卻逍遙法外，可能再度出手殺人。但你要知道，這件謀殺案已曠日持久，想必沒人知道是謀殺。如果有人知道，你早該聽到那邊的老園丁或某個人提起過。謀殺案……不管是多久以前的事，總是新聞。不，屍體一定被設法處理掉，這件事自始至終都沒人懷疑過。你們是否確信……真的確信再把它挖掘出來是明智之舉？」

「瑪波小姐，」昆妲喊叫起來。「聽起來你好像真的很憂心？」

「沒錯，親愛的。你們是一對非常善良迷人的年輕人（如果你們允許我這樣說）。你們新婚不久，快快樂樂地在一起。我請求你們，不要揭發可能，呃，可能……我該怎麼說？可能令你們頹喪、煩擾的事。」

昆妲目不轉睛地凝視著她。

「你想到什麼特殊的……什麼事——你是在暗示什麼？」

「不是暗示，親愛的，只是給你們忠告（因為我活了很久了，知道人性可能紛亂到什麼程度）。不要去惹它，這就是我的忠告……千萬不要去惹它。」

「但這是沒辦法袖手不管的事。」吉爾斯語調顯得不同於前，十分堅決。「坡園是我們的房子，昆妲和我的，有人在那房子裡被謀殺了——或者我們相信是如此——我不會忍受我的房子發生了謀殺案而我袖手旁觀，即使這已是十八年前的舊事！」

瑪波小姐嘆了一口氣。

「抱歉，」她說，「我想有氣魄的年輕人感受都會如此。甚至，我也和你有同感，而且對你深感佩服。但是我希望……噢，我衷心希望，你不要行動。」

§

第二天，瑪波小姐又回到家的消息傳遍了聖瑪莉米德村。有人十一點在高街看到她。

十一點五十分她到牧師公館去。這天下午，村子裡三個饒舌的婦人去看她，詢問她對繁華大都市的觀感，然後她們投桃報李，滔滔不絕地細訴一場即將來臨的節慶露天刺繡大展的激烈競爭和茶棚設置的地點。

傍晚時分，瑪波小姐如同往常一般出現在她的花園裡，但是這次她的心思集中在除草的工作上，而不是鄰居的活動。她在吃著簡單的晚餐時心神恍惚，她的小女僕艾凡琳興致勃勃地談著當地藥劑師的事，她幾乎充耳不聞。第二天她還是精神恍惚，凡事心不在焉，有一兩個人，包括牧師的太太，對此頗有微詞。當天晚上瑪波小姐說她覺得不太舒服，提早上床去了。第二天早上她找來荷大克醫生。

荷大克醫生是瑪波小姐多年的家庭醫生、朋友和盟友。他細聽她敘述症狀，幫她檢查一下，然後靠回椅背上，對她搖搖聽診器。

「對一個你這年齡的女人來說，」他說，「儘管外表虛弱讓人產生誤解，其實你的身心狀況好得很。」

「我相信我的健康狀況不錯，」瑪波小姐說，「不過我真覺得有點過分勞累，感到有點疲憊。」

「你一直到處閒逛，在倫敦那段時間又睡得晚。」

「那，當然。我真的發現，如今的倫敦有點令人厭倦。還有那裡的空氣，那麼混濁，不像海濱的空氣清新。」

「聖瑪莉的空氣就很清新美好。」

「但是經常空氣溼重而且有點悶熱。你知道，還不夠清爽提神。」

荷大克醫生看了她一眼，漸漸露出感興趣的表情。

「我會送瓶提神的補藥過來給你。」他體貼地說。

「謝謝你，醫生，伊斯頓糖漿向來都非常有效。」

「不用你來代我開藥方，女人。」

「我想，是否……也許換換環境……」

瑪波小姐真誠的藍眼帶著探詢的眼光看他。

「你才剛外出三個星期回來。」

「我知道。不過是去倫敦，如同我所說的，那地方叫人精神衰弱；然後又北上到一個工業區去。不像海風那樣清新提神。」

荷大克醫生收拾他的器具，然後轉身露齒一笑。

「直說你為什麼找我來吧，」他說，「只要告訴我你想怎麼樣，我照辦就是了。你要我以專家的觀點說你需要吸收清新的海風……」

「我就知道你了解。」瑪波小姐感激地說。

「上好的東西，海風。你最好立刻到伊斯特本去，否則你的健康可能受到嚴重的傷害。」

「伊斯特本，我想，有點冷。南部一帶，你知道。」

「那麼，伯尼茅斯，或是衛特島好了。」

瑪波小姐對他眨眨眼。

「我一向認為小地方比較令人愉快。」

荷大克醫生再度坐下來。

「我的好奇心被你挑起來了。你是在暗示哪個海濱小鎮？」

「這，我想到第茅斯。」

「相當小的一個地方，有點沉悶乏味。為什麼要去第茅斯？」

瑪波小姐沉默了一會兒。她的眼中重現那擔憂的神色。她說：「假使有一天，你偶然發現一件事實，顯示多年以前——十九、二十年前——發生過一件謀殺案。這件事只有你一個人知道，沒人曾經懷疑過或報導過，你會怎麼辦？」

「是追憶中的謀殺案？」

「正是如此。」

荷大克想了一會兒。

「沒有誤審？沒有人因這件罪案而受到傷害？」

「就目前所知，沒有。」

「嗯。追憶中的謀殺，死灰復燃。哦，我告訴你，我會讓死亡長眠，一定的。介入謀殺案是件危險的事，可能非常危險。」

「我怕的正是這樣。」

「據說殺人凶手總是會再重複殺人……這不是真的。有一種類型的凶手殺了人之後，設法逃過法網，從此便如烏龜般縮進龜殼裡，再也不把脖子伸出來。我不認為他們此後過得快樂，我不相信他們真能就此逍遙……報應的方式很多。但至少就外觀看來，一切風平浪靜。也許馬德琳．史密斯或麗姬．包登的案例就是如此。馬德琳．史密斯罪證不足，而麗姬．包登獲釋……不過很多人相信這兩個女人都有罪。我還可以舉出其他案例。她們從未再犯下殺人罪……一件罪案就足夠達到她們的目的了，她們已經心滿意足。但假使她們在塵埃落定之後，又受到翻案的脅迫呢？我認為你這個案子的凶手，不管他或者她是誰，就是這一類型。他犯下了殺人罪，逍遙法外，沒有人起疑。然而假使某人不知好歹，妄自調查，挖掘瘡疤，追根究柢，最後甚至水落石出呢？你的凶手會怎麼樣？就在那裡笑著等捕手一步一步接近他？不，如果沒違背了什麼大原則，我會說：不要去管。」他再重複前面說過的話：「就讓死亡長眠吧。」

他又堅決地說：「這就是我開給你的處方：不要去管這件事。」

「但受到牽連的人並不是我，是兩個非常可人的孩子。我來告訴你經過！」

她告訴他，他傾聽著。

「不尋常，」她說完之後他說，「不尋常的巧合。這件事真是非比尋常。我想你看得出這其中的隱意吧？」

「哦，當然。但是我想他們還不明白。」

「這表示它會帶來很多不快樂，他們會後悔掀起這件事。畢竟家醜不可外揚。然而你知道，我相當了解吉爾斯這年輕人的想法。去他的，我自己就沒辦法袖手不管。就連現在，我也好奇……」

他中斷下來，嚴肅地看了瑪波小姐一眼。

「原來這就是你要去第茅斯的藉口……捲入跟你無關的事件中。」

「絕不是，荷大克醫生。不過我是替那兩個年輕人擔心。他們非常年輕，沒有經驗，而且太過於信任別人、太老實了。我覺得我應該到那裡去照顧他們。」

「原來你是為了這個緣故。去照顧他們！你不能不管謀殺案嗎，女人？連追憶中的謀殺案也要管？」

瑪波小姐一本正經地微微一笑。

「不過你也認為到第茅斯去小住幾個星期對我的健康有益，不是嗎？」

「我看那裡比較有可能是你生命的終站，」荷大克醫生說，「但你是不會聽勸的！」

§

瑪波小姐去拜訪她的朋友班崔上校夫婦。在他們家門前的車道上，她遇見班崔上校迎面走過來，手裡握著一把槍，一條長耳狗緊跟在身後。

他熱誠地歡迎她。

「真高興又看到你回來了。你的倫敦之行怎麼樣？」

瑪波小姐回說很好。她的外甥帶她去看了幾齣戲。

「知識份子看的戲，我想。我自己只喜歡音樂喜劇。」

瑪波小姐說她去看了一齣非常有意思的俄國劇，雖然劇情或許太長了一點。

「俄國的！」班崔上校以破裂的嗓聲說。

他在療養院時，曾經有人給他看了一本杜斯妥也夫斯基的小說，直看得他頭昏腦脹。

他告訴瑪波小姐說，桃莉在花園裡。

班崔太太大部分時間都在花園裡，她熱愛園藝。她最喜歡的「文學」作品是各種花卉總覽，而她的談話內容也脫不了櫻草屬植物、球莖植物、開花灌木和各種新奇的高山植物。瑪波小姐看到她時，她正背向著她，穿著褪色的軟呢斜紋服。

班崔太太聽到背後向她移近的腳步聲，便直立起來，全身骨骼發出些許聲響，畏縮了一下（她的嗜好害她為風溼症所苦）。她抬起沾滿泥土的手，擦擦眉際的汗珠，歡迎她的朋友。

「聽說你回來了，珍，」她說，「我新栽的這些飛燕草長得不錯吧？你有沒有見過這些小巧的新龍膽？它們費了我不少心思，不過我想現在已經沒問題了。我們需要的是雨水，這陣子一直非常乾旱。」她接著又說：「伊瑟告訴我說你病倒在床上。」伊瑟是班崔太太的廚師兼與村子之間的「聯絡官」。「很高興她說的不是事實。」

「只是有點過度勞累而已，」瑪波小姐說，「荷大克醫生認為我需要一點海邊的空氣。我有點提不起精神。」

「噢，可是你現在不能離開，」班崔太太說，「現在絕對是待在花園裡的最佳時節。你的花壇一定正要開始百花綻放。」

「荷大克醫生認為那對我有好處。」

「哦，荷大克是不像一些醫生那樣愚蠢。」班崔太太勉強承認。

「桃莉，我正在想你的廚子。」

「哪一個？你想找個廚子？你不會是指那個會喝酒的女人吧？」

「不，不，不。我指的是糕餅做得很可口的那位，她先生是僕役長。」

「噢，你是說那隻斑鳩，」班崔太太立即想起來說，「那個聲音低沉、哀戚，好像隨時眼淚都會掉下來的女人。她是個好廚子；先生是個胖子，有點懶。亞瑟總是說，他把威士忌當白開水喝。我也不知道。可惜的是，夫妻兩人總是有一個對現狀不滿。他們以前的某位雇主留給他們一份遺產，兩人便離開了，在南海岸開了一家寄宿旅舍。」

「我想的正是這個。他們不是開在第茅斯嗎？」

「沒錯。第茅斯海濱廣場十四號。」

「我在想，既然荷大克醫生建議我到海濱區去，我或許……他們是不是姓沙德斯？」

「是的。這是個好主意，珍，再好不過了。沙德斯太太會好好照顧你，而且現在不是旺季，他們會很高興你去，況且收費不高。好飲食加上海濱的空氣，你很快就會恢復精神來。」

「謝謝你，桃莉，」瑪波小姐說，「我想我會的。」

06 推理功課

「你想屍體是在哪裡？大約在這裡？」吉爾斯問道。

他和昆妲正站在坡園的門廳裡。他們前一晚回到這裡。吉爾斯現在是全力以赴，就如同有了一樣新玩具的小男孩般高興。

「差不多。」昆妲說。

她退上去幾級樓梯，往下看個精確。

「沒錯……我想差不多就在那裡。」

「蹲下來，」吉爾斯說，「你那時才大約三歲，你知道。」

昆妲聽話的蹲下去。

「你當時看不見說那些話的那個男人？」

「我不記得我看到他。他一定是在那裡靠後面一點……對了，就是那裡。我只能看見他的手爪。」

「手爪。」吉爾斯皺起眉頭。

「是手爪，灰色的手爪，不是人類的。」

「可是你曉得，昆妲，人並沒有手爪。」

「哦，他有。」

吉爾斯以懷疑的眼光看著她。

「這一定是你後來自己想像添加上去的。」

昆妲緩緩地說：「你不認為這整個事情可能都是我想像出來的嗎？你知道，吉爾斯，我一直在想這件事。在我看來，很有可能這全是一場夢。或許就是如此。是那種小孩子可能做的夢，然後我被夢嚇壞了，而且一直深藏在記憶裡。你不覺得這是最恰當的解釋嗎？因為第茅斯沒有人認為這棟房子裡曾經發生過謀殺案、有人突然死掉或失蹤等等古怪的事。」

吉爾斯這下看來像是個怪異的小男孩……一件心愛的新玩具被人家拿走的小男孩。

「我想有可能是一場噩夢。」他勉強同意說，這時他的臉突然一亮。「不，」他說，「我不相信。你可能夢見猴爪和某人死掉，但我絕不相信你可能夢見《馬爾菲女爵》的那句台詞。」

「我可能以前聽人家說過，後來作夢夢見。」

「我不認為一個小孩子能這樣，除非是在非常緊迫的情況下聽見的。而且如果真是這樣，那麼我們又繞回到原先所說的……等一等，我想到了！你夢見的是手爪，你看見屍體，聽見那些話，你嚇呆了，然後你做了噩夢，夢中出現揮動的猴爪……也許你以前很怕猴子。」

昆妲露出有點懷疑的表情，她緩緩地說：「我想可能是這樣……」

「真希望你能多記得一點……下來到門廳來。閉上你的眼睛，想一想……你沒再想起什麼嗎？」

「沒有，都沒有，吉爾斯。我愈想就愈覺得一切遙不可及……我的意思是，我現在開始懷疑我是不是真看過什麼。也許那天晚上在劇院時，我只是突然精神錯亂。」

「不，事有蹊蹺；瑪波小姐也是這樣認為。『海倫』呢？你肯定記得有關海倫的一些事吧？」

「我一點都不記得。它只是個人名而已。」

「甚至這個人名也可能是錯的。」

「不，是正確的，是海倫沒錯。」

昆妲表情十分確信。

「如果你這麼確信是海倫沒錯，那你一定知道她的一些事，」吉爾斯就事論事地說，「你和她熟嗎？她住在這裡？或者只是短期住在這裡？」

「我跟你說過了，我不知道。」昆妲開始顯得緊張。

吉爾斯話鋒一轉。

「其他的你還記得誰？你爸爸？」

「不……我是說，我說不上來。我常常看到他的照片，你知道。艾麗森姨媽經常指著照片說：『那就是你爸爸。』我不記得在這裡見過他，在這屋子裡……」

「也不記得傭人或奶媽之類的人？」

「不……不記得。我愈是盡力想，腦子就愈空白。我所知道的一切都藏在潛意識裡，例如自動走向那道門。但我不記得那裡有一道門。吉爾斯，如果你不這樣讓我絞盡腦汁，或許我就能多記得一點。無論如何，想要查出這件事的真相希望渺茫，都那麼久以前的事了。」

「不，不會毫無希望……連老瑪波小姐也這麼認為。」

「她並沒有幫我們出主意，告訴我們要如何著手，」昆妲說，「而且從她當時眼光一閃看來，我覺得她也沒多少辦法。我懷疑她能如何著手。」

「我不認為她能想出我們想不出來的辦法，」吉爾斯肯定地說，「我們不能心存僥倖，昆妲，得用有系統的方法進行。我們已經有了開始……我已經查過教區喪葬登記簿，沒有發現年齡吻合的『海倫』，事實上我查看的那個時期，根本就沒有人以『海倫』的名字登記過……愛倫·巴格，九十四歲，是最近似的一個。現在我們必須想出一個有效率的方法。如果你爸爸，想必還有你繼母，也住在這棟房子裡，他們不是買下來就是用租的。」

「根據佛斯特……那個園丁所說的，在漢桂之前，這棟房子是一家叫艾渥西的人住的，在她們之前是芬迪生太太。再來就沒有其他人了。」

「你爸爸可能買下來住了很短的一段時期，然後又把它賣掉。不過我想他比較有可能用租的，也許連家具、裝潢一起租下來。如果是這樣，我們最有希望的行動是去找房屋仲介問看看。」

這項行動並不費事。第茅斯只有兩家房屋仲介。威金孫公司和另一家比起來算是新加入這一行，他們才開張了十一年。他們接的案子大都是些小平房和鎮尾的一些新房子。另外一家是高培斯暨潘德尼公司，昆妲就是向他們買下這棟房子的。到了這家公司後，吉爾斯開門見山說明他的來意。他和太太挺喜歡坡園和第茅斯。瑞德太太剛剛發現她小時候住過第茅斯。她對這個地方有一點點印象，而且覺得坡園就是她小時候住過的房子，可是不太確定。有沒有那棟房子曾經租給一個叫哈里迪少校的記錄？大約是十八、九年以前……

潘德尼先生抱歉地攤攤手。

「我恐怕無法告訴你，瑞德先生。我們的紀錄沒有保存那麼久。也就是說，我們沒有附帶家具短期租出去的紀錄。很抱歉我幫不上忙，瑞德太太。如果我們的老辦事主任納拉柯特先生還在世——他去年冬天去世了——也許他能幫上忙。他的記憶力超凡，相當令人嘆為觀止。他在本公司待了將近三十個年頭。」

「沒有其他人可能記得嗎？」

「我們的職員都相當年輕。當然還有高培斯老先生。他幾年前退休了。」

「也許我能問他吧？」昆妲說。

「哦，這我就不知道了……」潘德尼先生懷疑地說，「他去年中風，各項官能都受到損害。他已經八十出頭了，你知道。」

「他住在第茅斯嗎？」

「噢，是的。在『加爾各答公館』，海墩路一棟很好的小房子。但是我不認為……」

§

「希望微乎其微，」吉爾斯對昆妲說，「可是也很難說。我想不要用寫信的，我們一起去盡力試試。」

加爾各答公館四周環繞著一座整潔的大花園，他們被引進同樣整潔（儘管有點擁擠）的客廳。客廳裡有一股蜜蠟的味道，擺設的銅器閃閃發亮，窗戶上結綵繽紛。

一個眼神多疑、瘦高的中年婦人走了進來。

吉爾斯很快地說明來意，高培斯小姐鬆了一口氣，她原以為吉爾斯是推銷員，一見面便會硬塞給她一台吸塵器。

「抱歉，我真的不認為我能幫上忙，」她說，「那麼久以前的事了，不是嗎？」

「有時候人是會記得一些事。」昆妲說。

「我自己真的什麼都不知道。我從來不管對外的事。你說是一個叫哈里迪的少校？不，我不記得在第茅斯見過這個名字的人。」

「也許你爸爸記得。」昆妲說。

「我爸爸？」高培斯小姐搖搖頭。「他現在不太注意外界的事，而且他的記憶非常不可靠。」

昆妲的眼光落在一張名貴的銅桌上，然後轉向壁爐上一列黑檀雕刻的大象。

「我想他大概記得吧，」她說，「因為我爸爸那時剛從印度回來。你們這棟房子是不是叫加爾各答公館？」

她疑惑地暫停下來。

「是的，」高培斯小姐說，「我爸爸到過加爾各答一段時間，在那裡做生意。後來戰爭發生了，他在一九二〇年進入這裡的公司，可是還想再回到那裡去，他總是這樣說。但我媽並不嚮往國外的地方，而且當然那裡的氣候也不怎麼適宜。哦，我不知道……也許你們想見見我爸爸。我不知道他今天情況好不好……」

她引他們走進後面的一間小書房。一個留著白色海象鬍的老紳士，坐在一張破舊的大皮椅上。他的臉微側向一邊，他女兒替他引見時，他立即以顯著的讚許眼光看著昆妲。

「我的記憶已經大不如前，」他以有點含糊不清的聲音說，「你說哈里迪？不，我不記得這個人名。我認識一個在約克郡上學的男孩，不過那已是七十多年前了。」

「我想，他租下坡園那棟房子。」吉爾斯說。

「坡園？那麼那棟房子改名叫坡園了？」高培斯先生眨眨一隻還能動的眼睛。「芬迪生住在那裡，一個好女人。」

「我爸爸可能連家具一起租下來……他剛從印度回來。」

「印度？你是說，印度？我記得一個人，當兵的。我知道一個叫穆罕默德．哈山的老傢伙騙我買了一些假地毯。那個當兵的有個年輕太太……和一個嬰孩，一個小女孩。」

「那個小女孩就是我。」昆妲肯定地說。

「真的……你不早說！啊，真是光陰似箭。對了，他叫什麼名字來著？想要一棟帶家具的房子……對了，芬迪生太太奉醫生的指示到埃及之類的地方去過冬……無聊的舉動。他叫什麼名字來著？」

「哈里迪。」昆妲說。

「沒錯，親愛的，哈里迪，哈里迪少校。好人一個。太太非常漂亮，相當年輕，一頭金色的秀髮，想要住在她家人或親戚附近。是的，非常漂亮。」

「誰是她的家人？」

「我完全不知道，不知道。你看起來不像她。」

昆妲差點說出「她只是我的繼母」，但是抑制住沒說出來，以免愈說愈複雜。她改口說：「她人看起來怎麼樣？」

出乎意料地，高培斯先生回答：「她看起來憂心忡忡。正是，憂心忡忡。嗯，很好的一個傢伙，那個少校。他聽說我曾住過加爾各答，感到挺興奮的。不像那些一輩子沒離開過英國一步的傢伙，器量狹小，他們就是這樣。如今我已見過世面了。他叫什麼名字來著，那個當兵的傢伙……想要一棟帶家具的房子？」

他像一台非常老舊的留聲機，不斷重複放著一張破唱片。

「聖凱薩琳。對了，租下聖凱薩琳，租金每週六基尼……在芬迪生太太人在埃及時。死在那裡，可憐的女人。房子拍賣出去……誰買下來了？艾渥西，沒錯……一群女人，姐妹。改了房名，說『聖凱薩琳』天主教意味太重，輕視與天主教沾上邊的東西，經常分發一些傳教的小冊子。平庸的女人，她們都是……對黑人感興趣，送聖經和衣物給他們，積極感化異教徒。」

他突然嘆了一口氣，躺回椅背上。

「好久了，」他煩躁地說，「記不得人名了。從印度來的小夥子，很不錯的小夥子……我累了，葛拉蒂絲，我想喝杯茶。」

吉爾斯和昆妲向他和他女兒致謝，然後告辭離去。

「這麼一來已經證實了，」昆妲說，「我爸爸和我當時住在坡園。我們下一步該如何？」

「我怎麼這麼笨，」吉爾斯說，「撒摩塞特府。」

「撒摩塞特府是什麼樣的地方？」昆妲問。

「是一個登記所，在那裡可以查出婚姻登記紀錄。我會到那裡去查你爸爸的婚姻紀錄。

根據你姨媽所說的，你爸爸一回英格蘭就馬上跟他第二任太太結婚。你看不出來嗎，昆妲，我們早就應該想到，很有可能『海倫』是你繼母的親戚，也許是妹妹。無論如何，一旦我們知道她姓什麼，就可能找到了解坡園一般情況的人。記得那老頭子說過，他們想在第茅斯租下一棟房子，好住在哈里迪太太家人附近。如果她的家人住在這附近，我們就可能探聽出一些事情。」

「吉爾斯，」昆妲說，「我認為你真有一套。」

§

儘管吉爾斯精力旺盛的天性，讓他習於趕東跑西凡事盡量親自處理，他終究還是發現沒有必要親自到倫敦撒摩塞特府去，他承認只要採用例行方法查詢一下就可以了。

他撥了個長途電話到他公司去。

「有了！」期盼中的回音抵達時，他熱心地歡呼起來。

他從信封裡抽出隨函所附一份加蓋印信的結婚證書副本。

「有了，昆妲。八月七日星期五，肯辛頓註冊登記所。凱文・詹姆士・哈里迪與海倫・史賓諾夫・甘迺迪結婚。」

昆妲尖聲大叫：「海倫？」

他們面面相覷。

吉爾斯緩緩地說：「可是，可是……不可能是她。我的意思是，他們分手了，她又嫁給別人……遠走高飛了。」

「我們並不知道，」昆妲說，「她有沒有遠走高飛……」

她再度看著清清楚楚寫在證書上的名字。

海倫．史賓諾夫．甘迺迪。

海倫……

07 甘迺迪醫生

幾天之後，昆妲在凜冽的寒風中沿著人行道走著，突然，她在一家設想周到的公司為訪客所搭建的一座玻璃棚旁停住了腳步。

「瑪波小姐？」她很驚訝地叫了一聲。

真的是瑪波小姐，她裹在一件厚厚的羊毛外套裡，圍著幾條圍巾。

「我想你發現我在這裡，一定大感驚訝，」瑪波小姐精神勃勃地說，「不過我的醫生命令我換個環境到海邊小住一下，你對第茅斯的描述讓人聽來著迷，所以我決定來這裡……主要是因為一位朋友的廚子和僕役長在這裡開了一家寄宿旅舍。」

「可是為什麼你沒去找我們？」昆妲問。

「老年人有點惹人嫌，親愛的。新婚夫婦應該單獨在一起，不要受到旁人打擾。」她對昆妲的抗議報以微笑說，「我相信你們很歡迎我。你們兩人都好嗎？你們的那樁祕密有沒有進展？」

「我們正追蹤得起勁。」昆妲說著在她身旁坐下。

她詳細說明他們目前為止所做過的各種調查。

「現在，」她結尾說，「我們已在很多報紙上刊登廣告，本地的報紙、《泰晤士報》以及其他大報。我們只在廣告上說，任何人有海倫．史賓諾夫．哈里迪（閨姓甘迺迪）的消息，請與我們聯絡等等。我想一定會有回音的，你不認為嗎？」

「我想會有的，親愛的……嗯，我想會有回音的。」

瑪波小姐的語調一如往常地平靜溫和，但是她的眼睛露出困擾的神色。她的目光快速掠過身旁的女孩。那堅決、熱誠的語調聽起來不太真實，瑪波小姐心想，昆妲其實憂心忡忡。也許，荷大克醫生所謂的「弦外之音」正開始顯現在她身上。是的，但是如今想再回頭已是太晚了……

瑪波小姐溫和、抱歉地說：「我真的對這一切感到非常有興趣。你知道，我的生活中沒有多少刺激。如果我希望你告訴我你們日後的進展，你不會認為我是多管閒事吧？」

「當然我們會讓你知道，」昆妲熱誠地說，「巨細靡遺。要不是你，我早就促請醫生把我關進瘋人院裡去了。告訴我你在這裡的住址，然後你必須到我家去喝一杯……我是說，和我們一起喝杯茶，同時看看那棟房子。你得去看看犯罪現場，不是嗎？」

她笑了起來，但是笑聲中帶點緊張的意味。

瑪波小姐望著她離去的背影，輕輕搖搖頭，皺起了眉頭。

§

吉爾斯和昆妲每天都急切地檢視信件，但是起初他們的希望都落空了。他們只收到兩封徵信社的信件，毛遂自薦地宣稱他們經驗老到，願意幫他們進行調查的工作。

「以後再找他們吧，我們還有的是時間，」吉爾斯說，「而且要是我們非得找徵信社不可，也要找一流的公司，而不是這些發廣告信函招徠顧客的泛泛之輩。但我不認為他們辦得到的事，我們會辦不到。」

他的樂觀（或自負）幾天之後應驗了。他們收到一封寄自伍雷波頓村格斯山莊的信，字跡看似清晰，卻又有點難以辨認，顯示執筆者必是某種專業人士。

敬啟者：

茲覆台端刊載《泰晤士報》之廣告，海倫．史賓諾夫．甘迺迪乃舍妹。我與她已失去聯絡多年，樂於一聽她的消息。

詹姆士．甘迺迪（醫生）謹上

「伍雷波頓，」吉爾斯說，「離這裡不太遠。伍雷營地是野餐的地方，就在北方的荒野，離這裡大約三十哩路。我們寫信問問甘迺迪醫生，看是我們去見他，或是他要來見我們。」

甘迺迪醫生回信說，他下週三在家裡恭候大駕。

到了那一天，他們整裝出發。

伍雷波頓是個位踞山坡上的小村落，住戶稀疏零散。格斯山莊是坐落最高的一棟房子，就在山頂上，居高臨下，俯視伍雷營地和臨海的荒原。

「好個荒涼的地點。」昆妲顫抖著說。

房子本身也讓人感到荒涼，顯然甘迺迪醫生不屑裝設中央暖氣這種現代發明。應門的女人臉色陰沉，有點可怕。她帶領他們走過稍嫌空盪的門廳，來到書房，甘迺迪醫生起身迎接他們。這是個長長的房間，天花板很高，房裡排滿了書架。

甘迺迪醫生是個年老的人，一頭灰髮，兩道擠成簇狀的濃眉下長著一對精明的眼睛。他銳利的眼光在他們兩人身上打轉。

「瑞德先生和夫人？坐這裡，瑞德夫人，這也許是最舒服的一張椅子。好，告訴我這是怎麼回事？」

吉爾斯流暢地說出他們預先編好的故事。

他和他太太最近在紐西蘭結了婚，現在回到英格蘭來，他太太小時候曾經在英格蘭住過一短暫時期，她想找出昔日的親友。

甘迺迪醫生不為所動。他彬彬有禮，但顯然對殖民地居民執著於血緣情感深不以為然。

「你認為我妹妹——我的同父異母妹妹——甚至也許包括我自己，是你的親戚？」他謙恭卻帶點敵意地問昆妲。

「她是我的繼母，」昆妲說，「我父親的第二任妻子。當然，我不太記得她，我娘家姓哈里迪。」

他凝視著她，然後臉上突然亮起了微笑。他變了一個人，不再那麼拒人千里之外。

「老天爺，」他說，「你不會是昆妮吧！」

昆妲急切地點點頭。這個久已淡忘的小名，聽在她耳裡，又格外熟悉了起來。

「是的，」她說，「我是昆妮。」

「真把我嚇了一大跳。你長大成人而且出嫁了。真是光陰似箭！可不是，一定已經……多久了？十五年……不，當然，不只十五年了。我想，你不記得我了吧？」

昆妲搖搖頭。

「我甚至不記得我父親。我的意思是說，一切都只是模模糊糊的印象。」

「那當然。哈里迪的第一任太太來自紐西蘭，我記得他這樣告訴過我。我想，那一定是個好地方。」

「那是世界上最可愛的一個國家。不過我也相當喜歡英國。」

「你們是來旅行，或是打算在這裡定居下來？」他拉了拉叫人鈴。「我們該喝杯茶。」

高大的女人走進來，他說：「請端茶來。還要……呃，熱牛油吐司或蛋糕什麼的。」

那不卑不亢的女管家表情充滿惡意，不過還是說了「是的，先生」，然後走出門去。

「通常我是不喝茶的，」甘迺迪醫生含糊地說，「不過我們必須慶祝一下。」

「你真是太好了，」昆妲說，「不，我們不是來旅行。我們買下了一棟房子。」她暫停了一下，然後又說：「坡園。」

甘迺迪醫生含糊其辭地說：「噢，是的，在第茅斯，你從那裡寫信來。」

「真是非常奇特的巧合，」昆妲說，「不是嗎，吉爾斯？」

「我想是的，」吉爾斯說，「真是相當驚人的巧合。」

「徵求買主，你知道，」昆妲說。她看到甘迺迪醫生一臉不解，接著又說：「就是我們很久以前住過的那棟房子。」

甘迺迪醫生皺起眉頭。

「坡園？可是……噢，是的，我聽說他們改了那棟房子的名字。以前是叫聖什麼的……如果正是我現在所想的那棟房子。它在李漢普敦路左側，俯視城鎮對不對？」

「對。」

「就是那一棟。真好笑，一些名字都想不起來了。等一等……聖凱薩琳，以前就是叫這個名字。」

「而我以前確實住過那裡，對吧？」昆妲說。

「對，當然，你住過那裡。」他凝視著她，一副開心的樣子。「為什麼你會想要回到那裡？你對那裡的記憶應該不多吧？」

「是不多。不過……感覺上就像是回到家一樣。」

「感覺上就像是回到家一樣。」醫生重複她的話，說來不帶任何意涵，可是吉爾斯懷疑他在想些什麼。

「所以你知道，」昆妲說，「我希望你能告訴我那裡的一切。關於我父親和海倫，還有……」她留下一個尾巴。「還有其他的一切……」

他深思地注視著她。

「我想他們彼此了解不深……遠在紐西蘭相識。他們怎麼了解法？呃，我也沒多少可說的。海倫，我妹妹，和你父親搭同一條船從印度回來。他是個鰥夫，有個小女兒。海倫同情他，愛上了他。他孤獨、寂寞，或許也愛上了她。很難知道事情是怎麼發生的。他們一到倫敦就結婚，然後到第茅斯去找我。我那時在那裡開業。凱文．哈里迪看起來人不錯，有點神經緊張，委靡不振……不過那時他們似乎是挺快樂的。」

他沉默了一會兒，然後說：「但不到一年她就和別人私奔了。你或許知道這件事吧？」

「她和誰私奔了？」昆妲問。

他精明的眼光落在她身上。

「她沒告訴我，」他說，「我不是她吐露心事的對象。我可以看出——禁不住看出——

她和凱文之間有了摩擦。我不知道是為了什麼。我是個古板的人，一個婚姻忠貞的信仰者。海倫不會告訴我是怎麼回事。我聽到一些閒言閒語……人總是會聽到，不過那些閒言閒語並沒有提及人名。他們經常有從倫敦或是其他地區去的朋友住在他們家。我猜想是那些朋友中的一個。」

「那麼，他們離婚了？」

「凱文告訴我，海倫不想離婚。所以我才猜想，可能是某個已婚的男人。或許我猜錯了。也許是某個太太是天主教徒的男人。」

「我父親呢？」

「他也不想離婚。」

甘迺迪醫生回答得有點短促。

「告訴我關於我父親的事，」昆妲說，「為什麼他突然決定把我送到紐西蘭去？」

甘迺迪停頓了一會兒，然後說：「我想是你那邊的親戚一直在對他施壓。在第二次婚姻破裂之後，也許他認為那是最好不過的事。」

「為什麼他不自己帶我去？」

甘迺迪醫生的眼光落在壁爐架上，有意無意地尋找菸斗清潔器。

「噢，我不知道……他的身體狀況有點糟。」

「他怎麼了？他是患了什麼病死的？」

側門被打開，那位一臉不屑的管家端著一個托盤出現。

有塗牛油的吐司和一些果醬，但是沒有蛋糕。甘迺迪醫生含糊地示意昆妲倒茶。她照做了。杯子都斟滿了茶，人手一杯，昆妲吃了一片吐司後，甘迺迪醫生用勉強裝出的愉悅語氣說：「告訴我，你為那棟房子做了些什麼？做了不少改變、改進？我想你們這一改裝之後，我現在一定認不出來了。」

「我們只是改裝一下浴室，好玩而已。」吉爾斯說。

昆妲兩眼直視著醫生說：「我父親是什麼病死的？」

「我不太清楚，親愛的。如同我所說的，他有一陣子身體狀況挺糟，最後進了一家療養院，在東海岸某個地方。大約兩年後死去。」

「這家療養院確切的地點在哪裡？」

「抱歉，我現在不記得了。如同我所說的，我有個印象是在東海岸。」

現在他的態度有了明確的規避跡象。吉爾斯和昆妲彼此對視一眼。

吉爾斯說：「先生，至少你可以告訴我們，他埋葬在什麼地方吧？昆妲自然非常渴望去看看他的墳墓。」

甘迺迪醫生俯身在壁爐前，用一把削鉛筆刀刮除菸斗裡的菸垢。

「你們知道嗎，」他有點含糊地說，「我不認為我該過於沉湎過去。祖先崇拜這種事是個錯誤。重要的是未來。你們倆年輕、健康，整個大好世界都呈現在你們眼前。要往前想。

跑去一個你們幾乎一無所知的人的墳前獻花，是沒有用的。」

昆妲抗駁說：「我想去看看我父親的墳墓。」

「我恐怕幫不上你的忙。」甘迺迪醫生的語氣愉悅卻冷淡。「那是很久以前的事了，我的記憶已經大不如前。你父親離開第茅斯之後，我就和他失去聯絡。我想他是從療養院寫過一封信給我……如同我所說的，我有個印象，是在東海岸。但是就連這一點我也沒把握。而且我一點也不知道他葬在什麼地方。」

「真是非常奇怪。」吉爾斯說。

「那可不見得。你知道，我們之間的聯繫是海倫。我一向非常喜歡海倫，她是我的同父異母妹妹，而且年紀小我很多，不過我還是盡我所能把她帶大，供她上好學校等等。但不可否認的，海倫……呃，她的個性一直不穩定。她還是少女時就和一個不正派的年輕人有過麻煩。我使她安全脫身了。後來她選擇到印度去嫁給華爾特．范尼。呃，那倒還好，不錯的年輕小夥子，第茅斯名律師的兒子，不過坦白說，人乏味得很。他一向愛慕她，可是她從不看他一眼。然而後來她改變了主意，跑到印度去嫁他。但當她再次見到他時，一切又都改變了。她打電報要我寄回家的旅費給她。我寄了。在回程中，她認識了凱文。在我知道之前他們結了婚。我感到……姑且說，我為我那妹妹感到歉疚。這說明了為什麼在她離家出走之後，我跟凱文的關係便中斷了。」他突然又接著說：「現在海倫在什麼地方？你們能不能告訴我？我想和她聯絡。」

「我們不知道，」昆妲說，「我們完全不知道。」

「噢！你們的廣告讓我以為……」他突然以好奇的眼光看著他們。「告訴我，為什麼你們要登那則廣告？」

昆妲說：「我們想聯絡……」她停了下來。

「聯絡一個你幾乎記不起來的人？」甘迺迪醫生一臉不解。

昆妲很快地說：「我想，要是我能聯絡上她，她會告訴我……關於我父親的事。」

「是的，是的，我明白。很抱歉我幫不上多少忙。記憶大不如前了，而且又是很久以前的事。」

「至少，」吉爾斯說，「你知道那是什麼樣的療養院吧？結核病療養院？」

甘迺迪醫生的臉再次顯得了無表情。

「是的……是的，我想是的。」

「那麼我們應該很容易查出來，」吉爾斯說，「非常謝謝你，先生，謝謝你所告訴我們的一切。」

他站了起來，昆妲依樣畫葫蘆。

「非常謝謝你，」她說，「請務必到坡園來坐坐。」

他們走出門去，昆妲回頭看到甘迺迪醫生站在壁爐旁，捋著斑白的鬍鬚，一臉憂慮。

「他知道一些不想告訴我們的事，」他們坐進車子裡，昆妲說，「有一些事……噢，吉爾斯，我真希望……我現在真希望我們不曾開始……」

他們面面相覷，而且在各自心中升起了同樣的恐懼感，雖然他們並沒有彼此坦白承認。

「瑪波小姐說得對，」昆妲說，「我們不該去追究已經成為過去的事。」

「我們不需要再繼續下去，」吉爾斯不確定地說，「我想，親愛的昆妲，也許我們還是不要追查下去的好。」

昆妲搖搖頭。

「不，吉爾斯，我們現在不能停手。我們會一直懷疑、猜測。不，我們不得不繼續……甘迺迪醫生不告訴我們是出自好意，可是這樣沒有好處。我們得繼續追查下去，找出事實真相。即使……即使是我父親他……」

她無法繼續說下去。

08 凱文・哈里迪的錯覺

第二天上午他們正在花園裡時，古荷太太走出來說：「對不起，先生，有位甘迺迪醫生打電話找你。」

吉爾斯留下昆妲跟老佛斯特磋商，走進屋子裡，抓起話筒。

「吉爾斯・瑞德。」

「我是甘迺迪醫生。我回想過我們昨天的談話，瑞德先生。有幾件事，我想也許你和你太太應該知道一下。我如果今天下午過來你們會在家嗎？」

「當然在。幾點？」

「三點如何？」

「可以。」

在花園裡，佛斯特對昆妲說：「是不是那個以前住在西岬的甘迺迪醫生？」

「我想是的。你認識他？」

「他是我們一致公認這一帶最好的醫生……但是沒有藍辛比醫生那麼受歡迎。藍辛比醫生總是和你聊天說笑，尋你開心。甘迺迪醫生常常三言兩語就把你打發掉，而且有點冷淡，就像……不過他醫術老到。」

「他什麼時候歇業的？」

「很久以前了，一定有十五年左右。他的健康衰退，他們這樣說的。」

吉爾斯從落地窗走出來，不待昆妲發問就先回答說：「他今天下午過來。」

「噢，」她再度轉向佛斯特。「你認不認識甘迺迪醫生的妹妹？」

「妹妹？我不記得了，她那時只是個小女孩，到外地上學，後來出國了，雖然我聽說她婚後回來這裡一陣子。不過我相信她和某個傢伙私奔……他們說，她一向很野。不知道我有沒有親眼看過她。你知道，我到普利茅斯去工作了一陣子。」

昆妲和吉爾斯走到露台的盡頭，昆妲說：「他為什麼要來？」

「我們下午三點就知道了。」

甘迺迪醫生準時到達。

他環顧客廳說：「再度來到這裡感覺真奇妙。」

然後他開門見山，切入正題。

「我認為你們的意志相當堅定，決心查出凱文．哈里迪死去的那家療養院，同時盡可能了解他生病、死亡的詳情，是吧？」

「正是。」昆妲說。

「好，當然，你們相當容易辦到。因此我判斷，如果你們從我這裡了解事實真相，比較不會受到太大震驚。很遺憾我不得不告訴你們，這事說出來對你們或任何人一點好處都沒有，而且也許會造成你，昆妲，很多痛苦。但是我不得不說出來。你父親不是患了肺結核，那家療養院是家精神病院。」

「精神病院？那麼，他得了精神病？」

昆妲臉色慘白。

「並沒有經過醫生診斷證明。而且在我看來，他不是一般所謂的精神病。他的神經衰弱非常嚴重，還飽受錯覺折磨。他自願住進療養院，而且當然啦，他隨時想離開都可以。然而他的病情沒有起色，最後死在那裡。」

「錯覺？」吉爾斯質疑地重複這兩個字眼。「什麼樣的錯覺？」

甘迺迪醫生冷淡地說：「他自認為他勒死了他太太。」

昆妲悶叫一聲。吉爾斯快速伸出手握住她冰冷的手。

吉爾斯說：「那麼……那麼他有嗎？」

「呃？」甘迺迪醫生凝視著他。「不，當然他並沒有勒死她，沒有這種事。」

「可是……可是你怎麼知道？」昆妲的聲音顯得不確定。

「我的好孩子！絕沒有這種事。海倫為了另一個男人離開他。他有段時間心理非常不平衡；會做些神經質的夢，有病態的幻覺。最後的震驚使他承受不了，病情加劇。我自己不是精神科醫生。他們對這種事有他們的一套解釋。如果一個男人寧可他太太死掉而不是對他不貞，他可以設法讓自己相信她是死掉了……甚至相信他把她殺掉了。」

吉爾斯和昆妲彼此小心地交換了個警惕的眼神。

吉爾斯平靜地說：「這麼說，你相當確信他實際上並沒有做他自己說他做了的事？」

「噢，相當確信。我收到海倫兩封信。第一封是她出走之後大約一星期從法國寄來的，另外一封是大約半年之後。噢，不，這件事其實只是純粹的錯覺。」

昆妲深深吸了一口氣。

「拜託，」她說，「你把全部經過情形告訴我好嗎？」

「我會盡我所能把一切告訴你，親愛的。首先，凱文有一段時間是處在一種有點特別的神經衰弱狀態中。他跑去找我，說他做了各種不安寧的夢。他說，這些夢總是重複出現，夢的結尾每次都一樣……他扼住了海倫的喉嚨。我試著找出問題的癥結。我想，一定有某種童年時期的衝突。他的父母親顯然是對怨偶……呃，我不贅述了，其中細節只有醫學界的人才有興趣。我建議凱文去找精神科醫生談談，這方面有幾個一流的高手。但是他不聽我的話，他認為那種事都是鬼扯淡。

「我覺得他和海倫處得不怎麼好，但是他從未提起，而我也不喜歡多問。這整件事的開始是在一天晚上他走進我家……是星期五，我記得我剛從醫院回家，發現他在診療室等我；他已經在那裡等了大約十五分鐘。我一進門，他就抬起頭來對我說：『我殺死了海倫。』

「有一陣子我腦子裡一片空白。他那麼冷靜，而且言之確鑿。我說：『你是說……你又做了一個夢？』他說：『這一次不是作夢。是真的。她被勒死，躺在那裡。我勒死了她。』

「然後他說……相當冷靜理智：『你最好和我回去一趟。你可以在那裡打電話找警察。』我的腦子又是一片空白。我把車子從車庫裡開出來，和他一起過去。那棟房子寧靜昏暗。我們上樓到臥室……」

昆妲插嘴說：「臥室？」她的話聲充滿驚異的意味。

甘迺迪醫生顯得有點微微驚訝。

「是的，是的，事情就是在那裡發生的。呃，當然，我們到那裡時，什麼都沒有！床上沒有女屍。沒有騷亂的跡象……床單平平整整的，甚至一點皺褶都沒有。整個事件只是他的幻覺。」

「可是我父親怎麼說？」

「噢，當然，他堅持他的說法。他真的相信，你知道。我說服他讓我幫他打一針鎮靜劑，再把他安頓在化妝室的床上。然後我四處仔細看看。我發現海倫留下來的一張字條，被揉成一團丟在客廳的廢紙簍裡。事情相當明朗。她寫的好像是：『別了。抱歉，但是我們的婚姻一開始就是個錯誤。我和我唯一所愛的人走了。原諒我，如果你能的話。海倫。』

「顯然凱文回家，看了她的字條，上樓去，感情的激動引起了突然的精神錯亂，然後他去找我，言之確鑿地說他殺死了海倫。

「後來我問過女傭。那天晚上她休假，很晚才回去。我帶她進海倫的房間，她查看了海倫的衣服等等。事情相當明朗。海倫收拾了一個行李箱和一個皮包，帶著離去了。我遍尋那棟房子，但是沒有發現什麼不尋常的跡象……當然更沒有被勒死的女屍。

「第二天早上我費盡了口舌，凱文才終於了解那只是他的錯覺……或者，他說他了解了，他同意住進療養院接受治療。

「一個星期後，如同我所說的，我收到一封海倫的信。寄自法國拜亞瑞茲，不過她在信上說她即將前往西班牙。她要我告訴凱文她不想離婚。他最好盡快忘了她。

「我把信拿給凱文看。他沒說什麼。他要照他的計畫行事。他打電報給他前妻在紐西蘭的家人，要他們收容他的孩子。他處理好他身邊的事務，然後進入一家非常好的私人精神病院，同意接受適當的治療。然而，那項治療對他毫無幫助。兩年後他在那裡去世。我可以給你們那個地方的地址。是在諾福克。目前那裡的院長是當時的一位年輕醫生，也許能詳細告訴你們你父親的病歷。」

昆妲說：「而你在那之後……收到你妹妹另外一封信？」

「噢，是的。大約半年後。她從佛羅倫斯寫信來……沒有寫明發信的地址，只有一個留局待領的郵局地址，指名甘迺迪小姐。她說她了解，不離婚或許對凱文來說是不公平……儘管她自己不想離婚。如果他想離婚，要我讓她知道，她會成全他，提供他必要的離婚證據。我拿那封信給凱文看。他看了馬上說他不想離婚。我寫信告訴她。從那以後，我就沒有她的消息。我不知道她住在什麼地方，或是她究竟是還活在人間或是去世了。這就是我受到你們那則廣告的吸引，希望能得到她的消息的緣故。」

他溫和地接著又說：「我對此感到抱歉，昆妲，但是你不得不知道。我真希望你能不要管這件事……」

09
未知的因素？

吉爾斯送甘迺迪醫生出門之後，回來發現昆妲還坐在原地。她的雙頰出現兩道紅暈，兩眼發熱。她開口時聲音粗暴而嘶啞。

「那句老警語是怎麼說的？『不是死就是瘋』？這正應了這句話——死了或瘋了。」

「昆妲，親愛的……」

吉爾斯走向她，伸出手臂攬住她。他感覺到她的身體很僵硬。

「為什麼我們不撒手不管？為什麼？勒死她的是我爸爸！我聽到的那些話是我爸爸說的！難怪一切都浮現出來……難怪我這麼害怕……我的親爸爸！」

「別急，昆妲，別急。我們並不真的知道……」

「我們當然知道！他告訴甘迺迪醫生他勒死了他太太，不是嗎？」

「但是甘迺迪相當肯定他並沒有……」

「因為他沒找到屍體。不過確實有一具屍體，我看到了。」

「你看到的是在門廳裡，不是在臥室。」

「那有什麼不同？」

「呃，這很奇怪，不是嗎？如果哈里迪是在門廳裡勒死他太太，那他為什麼說是在臥室呢？」

「噢，我不知道。這只是個小細節。」

「我可不這麼認為。冷靜一點，親愛的。有幾點非常耐人尋味。如果你要這麼想，那麼我們就姑且假設你爸爸確實勒死了海倫，在門廳裡。再來呢？」

「他跑去找甘迺迪醫生。」

「同時告訴他，他在臥室裡勒死了他太太。他帶他一起回家，結果門廳裡沒有屍體，臥室裡也沒有。去他的，根本不可能有『沒有屍體』的謀殺案。他把屍體怎麼啦？」

「也許是有屍體，而甘迺迪醫生幫他掩飾過去了。只不過，當然啦，他是不可能告訴我們的。」

吉爾斯搖搖頭。

「不，昆妲，我不認為甘迺迪會那樣做。他是個冷靜、精明、不受感情左右的蘇格蘭人。照你的說法，他等於是冒了共犯之險。我不相信他會這樣做。他會盡力幫哈里迪證明他的精神異常，這他做得到。但他為什麼要冒著生命危險替他掩飾？凱文．哈里迪又不是他親密的朋友或親戚。被殺死的是他的親妹妹，再說他顯然喜歡她……縱使他不贊同她那些輕佻的縱情歡樂行為。話說回來，你也不是他妹妹的親生女兒。不，甘迺迪不會縱容謀殺案，知情不報。如果他真的那樣，那只有一個方法，他可以巧妙地安排證明她是死於心臟病突發之類的。我想他做得來……但我們知道他確確實實沒有這麼做。因為在教區登記處並沒有她的死亡登記。而且如果他真那樣做了，他會告訴我們他妹妹已經死了。因此，從這裡開始，如果你能的話，解釋一下屍體後來怎麼了。」

「也許我爸爸把屍體埋在某個地方……在花園裡？」

「然後去找甘迺迪，說他謀害了太太？為什麼？為什麼不採用她『離開了他』的故事呢？」

昆妲把垂到前額的頭髮往後一撥。現在她已經不再那麼僵直嚴厲，雙頰上的紅暈也漸漸消褪。

「我不知道，」她承認說，「現在經你這麼一說，似乎有點怪異。你認為甘迺迪醫生告訴我們的是實話嗎？」

「噢，是的，我相當確信。就他的觀點來看，那是完全合理的說法。噩夢、幻覺，最後是一個重大的幻覺。他毫不懷疑那是幻覺，因為，如同我們剛剛所說的，謀殺不可能沒有屍體。這正是我們和他處境不同之所在。我們知道，是有一具屍體。」

他頓了頓，然後繼續說：「從他的觀點來看，一切吻合。少掉的衣服和行李箱，道別的字條，還有後來他妹妹寄來的兩封信。」

昆妲顯得不安。

「那兩封信，我們怎麼解釋？」

「我們解釋不了，但是我們非得做番解釋不可。假設甘迺迪告訴我們的是實話（如同我所說的，我確信他說的是實話），那我們就得解釋清楚那兩封信。」

「我想那兩封信是他妹妹的筆跡？他認得吧？」

「你知道，昆妲，我不相信他會注意到這一點。這並不像是問題支票上的簽名那麼要緊。如果那兩封信幾可亂真地模仿他妹妹的筆跡，他是不會起疑的。他已經有了先入為主的觀念，認為她是和某人離家出走了。那兩封信正好確認了他的觀念。如果他完全沒有她的消息，那麼他可能就會起疑心。不管怎麼樣，那兩封信有幾個奇怪的地方，也許沒讓他起疑，卻讓我起疑了：兩封信都沒有寄件人地址，只有留局待領的郵局地址。沒有跡象顯示那個男人是誰。他顯然下定決心斷絕以往的一切關係。我的意思是，那正是殺人凶手會設計的那種信件……如果他想減輕被害人家屬的懷疑。把信弄成是從海外寄過來的並不難。」

「你認為我爸爸……」

「不，真的，我不認為。假定一個人處心積慮要除掉他太太，他散布她對丈夫不忠的謠言，策畫她出走……留下字條、帶走衣服，刻意安排隔段時間從海外某地寄回信件……實際上他已經悄悄殺害了她，而且把屍體，比方說，埋在地下室裡。這是一種謀殺類型，而且經常得逞。但這種凶手不會急忙跑去找他太太的哥哥，說他殺了太太。他們去找警察不是更好嗎？就另一方面來說，如果你爸爸是一時衝動型的殺手，他深愛太太，因醋勁大發而勒死了她……奧賽羅型的（這與你所聽到的那些話吻合），他當然不會先收拾衣服，而且安排信件從國外寄過來，然後再匆匆忙忙跑去向一個不會守口如瓶的人訴說他的罪行。這說不過去，昆妲，這完全說不過去。」

「那麼你想怎麼著手，吉爾斯？」

「我不知道……從頭到尾，似乎都有一個未知的因素存在……我們姑且稱之為X，代表某個尚未出現的人。但是可以瞧出他的技巧所在。」

「X？」昆妲疑惑地說，然後她的眼色黯然。「這是你捏造出來的，吉爾斯，為了安慰我。」

「我發誓絕不是這樣。難道你不明白，我們找不出一個符合各項事實的合理解釋？我們知道海倫．哈里迪被勒死，是因為你看到……」

他停了下來。

「天啊，我怎麼這麼笨！現在我明白了。一切符合。你對，甘迺迪也對。聽著，昆妲，海倫準備和她的愛人出走，這人是誰，我們不知道……」

「X？」

吉爾斯不耐煩地示意她不要插嘴。

「她寫好了一張字條給她先生，但是那時他正好進門，看了她的字條，突然發瘋。他把字條揉成一團，丟進廢紙簍裡，跑去找她。她嚇壞了，衝到門廳裡，他抓住了她，扼住她的喉嚨，她全身癱軟，他丟下了她。然後，他退後幾步，站在那裡說出了引自《馬爾菲女爵》的那些話，當時樓上的小孩正好爬到扶手欄杆旁，俯視門廳。」

「後來呢？」

「重點是，她並沒有死。他可能以為她已經死了，然而她只是在半窒息狀態而已。也許她的愛人正好過去——在瘋狂的丈夫動身到城鎮另一邊的醫生家裡去之後——或者她自己醒轉過來。無論如何，她一醒轉，立即逃走，很快地逃走。這說明了一切，說明凱文為何以為他殺死了她，還有不見的衣服……當天稍早即已收拾好要帶走，還有後來的那兩封信，道道地地的親手筆跡。這就是了，這說明了一切。」

昆妲一字一句慢慢地說：「這並沒有解釋凱文為什麼說他在臥室勒死了她。」

「他當時那麼緊張，不可能記得事發的地點。」

昆妲說：「我想相信你，我想相信……但我一直確信，相當確信，當我俯視她時，她已經死了，真的死了。」

「可是你怎麼看得出來？你那時只是個三歲的小孩子。」

她表情怪異地看著他。

「我想我看得出來，比年紀大後還看得出來。就像狗一樣，牠們知道死亡，知道回頭狂吠。我想小孩子是知道死亡的……」

「這是荒謬之論，怪誕不經。」

前門的門鈴聲打斷了他的話。他說：「不知道是誰來了？」

昆妲一臉恐慌。

「我差不多忘了這件事。是瑪波小姐，我要她今天過來喝杯茶。我們不要對她提起這些事。」

§

昆妲很擔心這次茶聚不夠周到……幸好瑪波小姐似乎沒有注意到女主人講話有點太急、太興奮，而且她的愉快也有硬裝出來的味道。瑪波小姐本人則有點話多，說她在第茅斯過得很愉快，真叫人興奮，可不是嗎？她某些朋友的朋友寫信給他們在第茅斯的朋友說她要來，結果她受到不少本地居民的邀約，過得非常愉快。

「認識一些在這裡住了好幾年的人，會讓人不那麼感到自己是個外地人，如果你懂我的意思，親愛的。比如說，我準備去跟范尼太太喝頓下午茶，她是這裡一家最好的律師事務所董事的遺孀。一家老式的家族公司，她兒子現在接掌公司事務。」

她繼續溫和地閒聊下去。她的屋主很好，讓她住得很舒服。

「還有，食物真是美味可口。她在我的老友班崔太太那裡做了幾年。她不是本地人，但是她姨媽在這裡住了好幾年，她和她先生以前常來度假，因此她對這裡大大小小的事情知道得很多。對了，你們對你們的園丁還滿意嗎？我聽說本地人都認為他有點偷懶，話說得比工作還多。」

「談話和喝茶是他的專長，」吉爾斯說，「他一天大概要喝五杯茶。不過我們看著的時候，他工作很賣力。」

「走，去看看花園吧。」昆妲說。

他們帶她看看屋子和花園，瑪波小姐做了些恰到好處的評論。如果昆妲擔心她精明的觀察力已看出有事不對勁，那她就錯了，因為瑪波小姐並未顯露出察覺有異的模樣。

然而，很奇怪地，反倒是昆妲自己的舉止出人意料。她打斷了瑪波小姐敘說一個小孩和貝殼的軼聞，屏住氣息對吉爾斯說：「我不管，我要告訴她……」

瑪波小姐專注地轉過頭來。

吉爾斯欲言又止。最後他說：「好吧，那是你的事，昆妲。」

因此，昆妲和盤托出他們去找甘迺迪醫生、接著他又來找他們，以及他所告訴他們的事情。

「這就是你在倫敦時說那段話的意思，是不是？」昆妲屏息問道，「那時，你認為……這件事可能與我父親有關？」

瑪波小姐溫和地說：「在我看來是種可能性……是的。『海倫』可能是你那位年輕的繼母；而就……呃，勒斃案來說，丈夫經常擺脫不了關係。」

瑪波小姐說起這番話來，就好像她是一個旁觀自然現象的人，不帶有任何訝異或者其他感情。

「我明白為什麼你力勸我們不要插手，」昆妲說，「噢，我真希望我們當初聽你的話。但是人不能回頭。」

「是的，」瑪波小姐說，「是不能回頭。」

「現在你最好聽聽吉爾斯怎麼說。他一直在做建議和提出異議。」

「我只是說，」吉爾斯說，「這與事實不符。」

他接著清晰、明白地重述他先前對昆妲提出的幾個重點。

接著，他特別強調他最後做成的推理。

「但願你能讓昆妲相信，那是唯一可能的解釋。」

瑪波小姐的眼光從他身上移往昆妲身上，然後再回到他身上。

「這是完全合理的假設，」她說，「如同你自己所指出來的，是很可能有一個X存在，瑞德先生。」

「X！」昆妲說。

「未知的因素，」瑪波小姐說，「我們姑且先說，是某個尚未出現的人。但是他的存在，在顯而易見的事實之後，可以推想出來。」

「我們即將到諾福克我父親去世的那家療養院去，」昆妲說，「也許我們會在那裡查出什麼來。」

10 病歷

鹽沼療養院位於離海岸約六哩之地。離此五哩外的南班漢鎮有火車通往倫敦。

吉爾斯和昆妲被帶進一間空氣流通、有著印花棉布窗簾的大會客室。一個滿頭白髮、外貌非常迷人的老貴婦端著一杯牛奶走進來。她向他們點點頭，坐在火爐旁邊。她的眼光若有所思地投注在昆妲身上，隨即趨身向前，以近乎耳語般的聲音對她說：「是你可憐的孩子吧，親愛的？」

昆妲有點畏縮。她不明就裡地說：「不……不，不是。」

「啊，我就覺得奇怪。」那老貴婦點點頭，啜飲著牛奶。然後又閒聊似地說，「十點半……就是這個時間。總是在十點半，真是非常叫人驚嘆。」她壓低嗓音，再度趨身過來。「在火爐後面，」她輕聲說，「不過不要說是我告訴你的。」

此時，一個穿著白色制服的少女走進來，要吉爾斯和昆妲隨她走。

他們被帶進潘若斯醫生的辦公室，潘若斯醫生起身迎接他們。看到潘若斯醫生，昆妲不禁覺得他自己就有點瘋。起碼他看起來就比會客室那個婦人更瘋。不過或許精神科醫生總是看起來有點瘋。

「我收到了你們的信，還有甘迺迪醫生的，」潘若斯醫生說，「我已經看過了你父親的病歷，瑞德太太。當然，他的病例我記得相當清楚，但我想重溫一下記憶，好告訴你任何你想知道的事。根據我的了解，你是最近才知道這件事？」

昆妲說明她是由她母親在紐西蘭的親戚帶大的，她只知道父親是在英格蘭一家療養院去世。

潘若斯醫生點點頭。

「沒錯。瑞德太太，你父親的病例呈現某些奇怪的特徵。」

「比如說？」吉爾斯問。

「呃，強迫性觀念……或是幻覺，非常強烈。哈里迪少校，儘管顯然神經非常衰弱，卻一再明確強調，他因嫉恨而勒死了他的第二任太太。但很多這種病例會出現的徵候他都沒有，而且我不妨坦白跟你說，瑞德太太，要不是甘迺迪醫生保證哈里迪太太實際上還活著，我當時準備相信你父親的話。」

「你的印象是，他真的殺死了她？」吉爾斯問。

「我說的是『當時』。後來，我修正了我的看法，在我熟悉了哈里迪少校的個性和精神狀態之後。瑞德太太，你父親絕對不是個妄想狂類型的人。他沒有迫害妄想症，也沒有暴力強迫行為症。他是個和藹、仁慈、自制的人。他既不是世人所稱的瘋子，對其他人也不構成任何威脅。但是他的確固執、堅決地認為他勒死了哈里迪太太。追根究柢，我相信得追溯到很久以前……他的一些童年經驗。但是我承認，每一種分析的方法都無法提供我們正確的線索。破除病人對精神解析的抗拒，是件非常耗時的工作。有時候可能需要好幾年。就你父親的個案來說，時間不夠充分。」

他停頓下來，接著突然抬起頭來說：「想必你知道哈里迪少校是自殺身亡的。」

「噢，不！」昆妲叫了起來。

「抱歉，瑞德太太，我以為你已經知道。也許，你有權責怪我們。我承認，適當的警覺就能加以防範。但是坦白說，我看不出哈里迪少校是個自殺類型的人。他沒有顯露任何憂鬱症的傾向，沒有憂愁或是消沉沮喪。他抱怨睡不著覺，我的同事准許他服用一些安眠藥。他假裝服用，其實是保留起來，直到累積了足夠的數量……」

他攤開雙手。

「他那麼不快樂嗎？」

「不，我想不是。我判斷，比較可能是『罪惡情結』作祟，確切地說，是種懲罰欲。你知道，他起初堅持要向警方報案。我們勸阻他，同時向他保證他並沒有犯什麼罪。但他固執地拒絕信服。我們一再證明給他看，而且他不得不承認，他實際上也不記得犯下了罪行。」

潘若斯醫生翻動面前的一疊資料。「他對那天晚上的行蹤說明一成不變：他回到家裡，他說屋內一片昏暗。傭人出去了。他走進飯廳，如往常一般倒了一杯酒喝，然後穿過隔門，走進客廳。此後他便不記得了，什麼都不記得，直到他站在臥室裡，俯視他太太的屍體……被勒死了。他知道是他幹的……」

吉爾斯打斷他的話。

「對不起，潘若斯醫生，為什麼他知道是他幹的？」

「他一點也不懷疑。他說過去幾個月來，他一直情緒亢奮又疑神疑鬼，他告訴我，他認為太太在毒害他。他在印度住過，在那裡，法庭上經常出現太太用曼陀羅屬植物毒害先生、讓他們發瘋的案件。他經常受到幻覺的折磨，時間、地點混淆不清。他堅決否認他懷疑太太對他不貞，然而我想這正是動力所在。似乎他真的走進客廳，看了他太太留下來說要離開他的字條；而他逃避這個事實的方法是寧可『殺掉』她。因此幻覺便產生了。」

「你的意思是，他非常喜歡她？」昆妲問。

「顯然是這樣，瑞德太太。」

「而他從不承認，那只是幻覺？」

「他不得不承認那一定是，但內心深處仍然維持自己的看法，絲毫不受動搖。那種強迫性觀念強烈得不是理智可以改變。如果我們能揭開那深藏在心底的童年期病態偏執……」

昆妲打斷他的話。她對童年期的病態偏執不感興趣。

「可是你說，你相當確信他……沒有殺人，不是嗎？」

「噢，如果讓你擔心的是這個，瑞德太太，那你大可放心。凱文・哈里迪，不管他再怎麼嫉恨他太太，他絕不是個殺人凶手。」

潘若斯醫生輕咳一聲，拾起一本破破爛爛的黑色小本子。

「如果你喜歡它，瑞德太太，你是保有它的恰當人選。這裡面有你父親在這裡時所寫下來的手記。我們把他的私人財物點交給他的遺囑執行人時（一家律師事務所），馬克貴醫生，即當時的院長，留下了這本手記作為病歷。你知道，你父親的個案出現在馬克貴醫生所著的一本書籍裡……當然是只用他的姓名縮寫。如果你喜歡這本手記……」

昆妲急切地伸出手。

「謝謝你，」她說，「我非常喜歡。」

§

在回倫敦的火車上，昆妲取出那本破爛的小本子，開始閱讀。

她隨意翻閱著。

凱文・哈里迪寫著：

我想這些做醫生的曉得他們在幹些什麼……一切聽來簡直是鬼話連篇。我愛上了我母親？我恨我父親？我一點也不相信……我總覺得這純粹是警方的案子……刑事案件，而不是誰發狂發瘋的事。然而，這裡有些人，這麼自然，這麼理智，就像一般人一樣，除非你突然觸犯了他們的乖僻所在。很好，那麼看來我也有乖僻之處……

我已經寫信給詹姆士，催促他與海倫聯絡……如果她還活著，要她親自來見我……他說他不知道她在什麼地方。那是因為他知道她死了，而我殺死了她……他是個好人，但是我不會受騙……海倫已經死了……

我究竟什麼時候開始懷疑她的？很久以前了，在我們來到第茅斯之後不久……她的態度改變，她在隱瞞什麼……我常監視她……是的，她也常監視我……

她是不是在我的食物裡面下毒？那些奇怪、可怕的噩夢，不是一般的夢……血淋淋的噩夢……我知道是藥物作祟。只有她可能下手……為什麼？有某個男人，她畏懼的某個男人……

我該坦白。我深感懷疑，不是嗎，她有了愛人？有某個人，我知道有某個人。她在船上跟我說過……某個她愛他卻無法嫁給他的人……這對我們兩人來說都一樣，我忘不了梅根……小昆妮有時候看起來很像梅根。海倫和昆妮在船上玩得那麼開心。海倫……你真可愛，海倫……

海倫還活著？或是我雙手扼住她的脖子把她勒死了？我走過飯廳的門，看到那張字條豎立在桌上，後來……後來一片漆黑，就只是一片漆黑。但是毫無疑問的，我殺了她……謝天謝地，昆妮好端端待在紐西蘭。他們是好人。他們會看在梅根的份上疼愛她。梅根，梅根，我多麼希望你在這裡……

這是最好的一條路……沒有醜聞……對孩子來說是最好的一條路。我無法再繼續下去。不能一年又一年地折磨下去。我必須採取捷徑脫身。昆妮永遠不能知道這些事。她絕不能知道她爸爸是個殺人凶手……

昆妲淚眼模糊。她抬頭望向坐在她對面的吉爾斯。吉爾斯的眼睛正投注在對面的角落。覺察到昆妲注視的眼光，他微微動了下頭部。

同車廂的一個旅客正在看一份晚報。晚報朝外的一面，一行戲劇似的標題清晰地呈現在他們眼裡：「她生命中的男人是誰？」

昆妲緩緩地點點頭。她低頭看手記。

「有某個人，我知道有某個人……」

11 她生命中的男人

瑪波小姐越過海濱廣場，沿著上山的商場長街走著。這裡都是些老式的商店。一家織品店，一家糖果店，一家維多利亞時代風格的婦女飾品店和布料店等同性質的商店。

瑪波小姐看著那家織品店的櫥窗。兩個年輕的店員正在跟顧客洽談，但是一個上了年紀的婦人在店後面閒著沒事。

瑪波小姐推開店門走了進去。她在櫃檯前坐了下來，那個店員，一個灰髮婦人，問她：

「需要點什麼嗎，夫人？」

瑪波小姐想要些淺藍色的毛線縫製嬰兒外套。交易過程悠然閒逸。她們討論著式樣，瑪波小姐一邊看著各種兒童縫紉書籍，一邊談論著她的甥孫和甥孫女。她和那個店員都沒有不耐煩的表現。那個店員有好幾年招呼瑪波小姐這種顧客的經驗。她比較喜歡招呼這些和藹、愛話家常的老婦人，而不喜歡那些不懂禮貌、不知道自己想買什麼、只顧揀些便宜俗麗貨色的年輕媽媽。

「嗯，」瑪波小姐說，「這真的非常好。我發現這種牌子的非常可靠，真的不會縮水。我想多買兩盎司。」

店員邊包裝邊說今天的風很冷。

「是的，我從前頭過來時就感覺到了。第茅斯變了很多。我已經……我想想看……有將近十九年沒到這裡來了。」

「真的，夫人？那麼你會發現改變很多。那時那家超級飯店和南景飯店都還沒有蓋起來吧？」

「噢，沒有，那時這裡還只是個小地方。我當時住在朋友家，一棟叫聖凱薩琳的房子。你或許知道吧？在李漢普敦路上。」

但是那個店員只來第茅斯十個年頭左右。

瑪波小姐向她道謝，拿起東西出門，走進隔壁的布料店。進了店裡，她再度選擇一個上了年紀的店員。她們之間的交談和在前一家大同小異，一直談到夏天的背心布料。這一次，那個店員很快有了反應。

「那一定是芬迪生太太的房子。」

「是的……是的。不過我認識的那位朋友是帶家具一起租下來的，一個叫哈里迪的少校和他太太，還有一個小女孩。」

「噢，是的，夫人。他們租了大約一年，我想。」

「是的。他從印度回來。他們家有個很好的廚子，她給了我一個焙製蘋果布丁的祕方，還有薑汁麵包的烤法。我常在想，她後來不知怎麼了。」

「我猜想你指的是艾迪絲・巴吉特，夫人。她人還在第茅斯，她現在……在『疾風屋』服務。」

「還有其他一些人，范尼一家。我想他是個律師。」

「范尼老先生幾年前去世了；小范尼先生，華爾特・范尼先生，和他母親住在一起。華爾特・范尼先生沒有成家。他現在是資深董事。」

「真的？我以為華爾特・范尼先生已經到印度去了……去種茶或什麼的。」

「我相信他是去過，夫人，年輕的時候。但是他回家來了，大約一兩年之後進入那家公司。他們在這裡生意最好，很受尊重。一個沉靜的好紳士，華爾特・范尼先生，每個人都喜歡他。」

「哦，那當然，」瑪波小姐說，「他和甘迺迪小姐訂過婚，不是嗎？後來她取消婚約，嫁給了哈里迪少校。」

「沒錯，夫人。她到印度去，要跟范尼先生結婚，但是後來好像改變了主意，嫁給了另一位先生。」

店員的語氣有點不贊同的意味。

瑪波小姐趨身向前，同時壓低嗓音。

「我一直為可憐的哈里迪少校（我認識他媽媽）和他的小女兒感到難過。我知道他的第二任太太離開了他，和某個人跑了。我恐怕得說，她這人有點輕浮。」

「她是個不折不扣的輕浮婦人。而她哥哥，那個做醫生的，是個大好人。醫好了我膝部的風溼症。」

「她和誰跑了？我沒聽說過。」

「那我就沒辦法告訴你了，夫人。有人說是來避暑的某個訪客。但是我知道哈里迪少校受到相當大的刺激。他離開了這裡，我相信他的健康有問題。找給你的錢，夫人。」

瑪波小姐接過找回的零錢和東西。

「非常謝謝你，」她說，「我不知道那位──你說叫作艾迪絲．巴吉特──是否還保有她的薑汁麵包祕方？我弄掉了，要不，就是我那粗心大意的傭人搞掉了。我非常喜歡薑汁麵包。」

「我想她還保有，夫人。事實上她妹妹就住在隔壁，嫁給了孟福德先生，糖果商。艾迪絲休假時通常都來這裡，我想孟福德太太可以替你捎個信給她。」

「這是個好主意。非常謝謝你，這麼麻煩你。」

「沒什麼，這是我的榮幸，夫人。」

瑪波小姐出門，走到街上。

「一家老式的好商店，」她對自己說，「而且那些背心布料真的非常好，看來我並沒有白白浪費錢。」她瞄了一下她別在衣服上的一只淡藍色琺瑯殼錶。「再過五分鐘就要到『貓屋』去見那兩個年輕人。我希望他們到療養院去，沒有查出太困擾不安的事。」

§

吉爾斯和昆妲一起坐在貓屋角落的一張桌子旁。那本黑色的小筆記本擱在桌上。

瑪波小姐從街道上走進去加入他們。

「你要喝點什麼，瑪波小姐？咖啡？」

「好的，謝謝你……不，不要蛋糕，只要一塊小圓麵包和牛油就可以了。」

吉爾斯幫她點了咖啡、麵包。昆妲把那本黑色小筆記本推向瑪波小姐。

「你必須先看看這個，」她說，「然後我們才能談。這是我父親在療養院時親自寫下的。噢，吉爾斯，你先告訴瑪波小姐潘若斯醫生說的話吧。」

吉爾斯告訴了她。

然後瑪波小姐打開黑色小筆記本，女侍端來了三杯咖啡、一塊小圓麵包、牛油，和一盤蛋糕。吉爾斯和昆妲一語不發。他們看著瑪波小姐翻閱筆記本。

最後她闔上筆記本，放回桌上。她的表情難以理解。昆妲想，她的表情帶著憤怒。她的雙唇緊抿，兩眼非常明亮，以她的年齡來說，這是不太尋常的現象。

「是的，確實沒錯，」她說，「確實沒錯！」

昆妲說：「你曾告誡我們——你記得吧——叫我們不要繼續下去。我現在明白為什麼你會這樣。但我們還是繼續追查，而這就是我們追查的結果。現在，看來我們已到了另一個階段……如果願意便可以停手的階段……你認為我們應該停手？或者不該？」

瑪波小姐緩緩地搖頭。她看來有點擔憂、困惑。

「我不知道，」她說，「我真的不知道。可能最好是如此，這樣比較好。因為時過境遷了，沒有什麼你們可以做的……我是說，沒有什麼建設性的事。」

「你是說，時過境遷了，我們已查不出什麼？」吉爾斯問。

「噢，不，」瑪波小姐說，「我絕不是這個意思。十九年不算是很長的時光，還是有人……相當不少的人，記得一些事情，能回答一些問題。比如說傭人。當時一定至少有兩個傭人在那棟房子裡，還有一個奶媽，或許還有一個園丁。只要花點時間、心思去找出這些人，和他們談談……事實上，我已經找到他們其中一位……廚子。不，我不是那個意思。問題在於你們這麼做，實際上能有什麼好處？我會說，一點好處也沒有。然而……」

她停了下來，沒有說出以下的話：「然而，我的思考力有點遲鈍，但是我有個感覺，覺得有某種東西，也許不是有形的東西，或許值得為之冒險，甚至非冒險不可……不過我很難說清楚是什麼……」

吉爾斯開口說「在我看來……」，然後停了下來。

瑪波小姐感激地轉向他。

「男人，」她說，「總是能把事情清晰地列舉出來。我相信你已經全部想通了。」

「我一直在思考，」吉爾斯說，「在我看來，似乎只有兩個結論。一個是我以前提過的：海倫．哈里迪在昆妮看到她躺在門廳裡時並沒有死，她醒轉過來，和愛人跑了，不管她愛人是誰。這仍然符合我們已知的事實。這與凱文．哈里迪確信他殺了他太太的執念相符合，也能解釋少掉的衣物、皮箱以及甘迺迪醫生發現的字條。可是還有幾點不能說明。這無法解釋為什麼凱文深信他是在臥室裡勒死了太太，也無法解釋一個在我看來懸而未解的問題……海倫．哈里迪如今人在哪裡？在我看來，海倫後來一點消息也沒有實在說不通。姑且當她寫的那兩封信是真跡，但那兩封信以後呢？為什麼她從沒再寫過信？她和哥哥兄妹情深，他顯然深愛著她，而且向來如此。他或許不贊同她的行為，但這不表示他不再期待聽到她的消息。要是你問我，我會說，這一點顯然也困擾著甘迺迪本人。我們不妨說，他當時完全接受他所告訴我們的事實……他妹妹和別人跑了，而凱文精神崩潰。但是他沒料到，他竟不再有妹妹的消息。我想，由於一年又一年過去，他都不再接到妹妹的信息，而凱文又堅持他的幻覺，甚至最後自殺身亡，他的腦子裡於是浮起了可怕的疑問。如果凱文說的是事實呢？如果他真的殺死了海倫呢？絲毫沒有她進一步的消息……如果她在海外某地去世了，總有人傳話給他吧？我想這可以說明他看了我們的廣告後為什麼那麼熱心。他希望藉此找出她現在人在何處，在做些什麼。我相信，海倫消失得如此無影無蹤，是絕對不自然的事，這一點非常值得懷疑。」

「我同意你的看法，」瑪波小姐說，「但是另外一個推論呢，瑞德先生？」

吉爾斯緩緩道來：「我一直在想另外一個推論。這相當怪誕，你知道，甚至有點嚇人。因為這牽連到……我該怎麼說？某種惡毒……」

「是的，」昆妲說，「正是惡毒，沒錯。甚至，我想，是某種邪門怪……」她發起抖來。

「我想，這可以理解。」瑪波小姐說，「你們知道，有很多……呃，世上有許多奇奇怪怪的事，比人們所能想像的還多。我看過一些……」她滿懷心思。

「你知道，不可能有任何『正常』的解釋，」吉爾斯說，「我來說說這怪誕的假設：凱文並沒有殺害他太太，但是自認為他殺了。這顯然是潘若斯醫生——一個看來高尚的傢伙——所認為的。他起初對哈里迪的印象是：一個殺了妻子而想向警方自首的人。後來他不得不接受甘迺迪的話，接受事實並非如此，因此他轉而判斷哈里迪是某種情結、病態偏執或管它是什麼的受害者。但他並不真的認為這是答案。他對那種類型的病人很有經驗，而哈里迪並不符合。無論如何，在進一步了解哈里迪之後，他相當確信哈里迪不是會一時衝動出手勒死女人的人。因此他接受『病態偏執』的推測，但是有點疑懼。而這表示，只有一個可能性能符合這個推測……哈里迪是被某人誘導而相信他殺了他太太。換句話說，我們有個X。

「非常仔細地研判過諸項事實之後，我想這個假設是可能的。根據哈里迪自己所說，他那天回到家裡，走進飯廳，如往常一般喝了杯酒，然後進入隔壁客廳，看完桌上的一張字條，一時喪失意識……」

吉爾斯暫停了下來，瑪波小姐贊同地點點頭。

他接著說：「姑且假設那不是一時喪失意識，而是純粹的昏迷……因為酒被動了手腳。接下來的情況就一目了然了，不是嗎？X在門廳裡勒死了海倫，事後把她帶上樓去，安排成在床上情殺的樣子，而凱文清醒時人就在臥室。可憐的人，一直飽受嫉恨之心所折磨的他，認為是自己幹的。接下去他做了什麼？徒步到城鎮的另一頭去找他太太的哥哥。這給X足夠的時間遂行他的下一個詭計：收拾好一箱衣物帶走，同時也移走屍體……雖然我完全想不透，」吉爾斯困惑地說，「他怎麼處理屍體。」

「很訝異你竟會這樣說，瑞德先生，」瑪波小姐說，「我想這並不難嘛。不過請繼續說下去吧。」

「『她生命中的男人是誰？』」吉爾斯引用一句話。「我在回程的火車上看到報紙有這麼一個標題。這讓我覺得奇怪，因為這正是事情的難題所在，不是嗎？倘若真如我們判斷的有個X先生存在，可以想見他一定非常迷戀她，愛她愛得入狂。」

「因此他痛恨我父親，」昆妲說，「而且想讓他受苦。」

「這正是我們跨不過去的一點。」吉爾斯說，「我們都知道海倫是什麼樣的女孩……」

他遲疑了一下。

「花癡。」昆妲替他補充說明。
瑪波小姐突然抬起頭來，欲言又止。
「而且人長得美。但是除了她丈夫之外，我們找不到她生命中其他男人的線索。也許為數不少。」
瑪波小姐搖搖頭。
「不見得，她相當年輕，你知道。但是你說得不太精確，瑞德先生。我們對你所謂『她生命中的男人』其實略有所知。她原本有個結婚對象……」
「啊，對了，那個做律師的傢伙？他叫什麼名字？」
「華爾特．范尼。」瑪波小姐說。
「是的。但你不能把他算進去。他那時在馬來半島或是印度什麼地方。」
「是嗎？他並沒有繼續在那裡做茶農，你知道。」瑪波小姐指明說，「他回到這裡，進入那家律師事務所，現在是資深董事。」
昆妲大聲說：「也許他跟蹤她回到這裡？」
「也許。我們並不知道。」
吉爾斯以好奇的眼光看著瑪波小姐。
「你怎麼查出這些來的？」
瑪波小姐歉然一笑。

「我和人家聊天。在店裡，還有等公車時。大家都認為老婦人最好管閒事。沒錯，我們是有辦法搜集不少本地的消息。」

「華爾特．范尼，」吉爾斯若有所思地說，「海倫拒絕了他。這可能造成不小的傷害。他結過婚嗎？」

「沒有，」瑪波小姐說，「他和他母親住在一起。我這個週末要去他家喝茶。」

「我們還知道另外一個人，」昆妲突然說，「你記得嗎，在她離開學校之後，有個人和她私訂終身或是糾纏不清，是一個不受歡迎的人，甘迺迪醫生說的。我懷疑到底他不受歡迎到什麼程度……」

「那就有兩個人了，」吉爾斯說，「他們兩人都有可能嫉恨在心，處心積慮想要報復……或許那第一個年輕人過去有某種精神病。」

「這甘迺迪醫生可以告訴我們，」昆妲說，「只是要問他有點困難。我是說，想了解我印象模糊的繼母，這倒無所謂，但如果我想知道她的早期戀愛史，那可就要費點工夫解釋了。對一個幾乎可說是一無所知的繼母，這顯得過分好奇了。」

「或許有其他方法可以查出來，」瑪波小姐說，「噢，是的，只要有時間、耐心，我們總可以搜集到想要的資料。」

「無論如何，我們已推測出兩種可能性。」吉爾斯說。

「我想，我們可以推測出第三種，」瑪波小姐說，「當然，這純粹只是假設，不過我想是經過事實印證的。」

昆妲和吉爾斯有點驚訝地看著她。

「這只是個推斷，」瑪波小姐有點臉紅地說，「海倫・哈里迪到印度去，要和年輕的范尼結婚。無可否認的，她並不怎麼深愛他，但她必是喜歡他，而且準備和他共度一生。然而她一抵達那裡便解除了婚約，同時打電報給她哥哥，要他寄回家的旅費給她。為什麼？」

「我想是改變了主意。」吉爾斯說。

瑪波小姐和昆妲雙雙以輕蔑的眼光看著他。

「當然她改變了主意，」昆妲說，「這我們知道。瑪波小姐的意思是……為什麼？」

「我想女孩子是會改變主意。」吉爾斯含糊地說。

「在某些情況之下。」瑪波小姐說。

她的話中帶刺，上了年紀的人三言兩語就可以達到譏諷的效果。

「可能他做了什麼……」

吉爾斯含糊地揣測，昆妲突然插嘴。

「一定是……」她說，「另外有了男人！」

她和瑪波小姐彼此對視，帶著男人無法介入的心照不宣。

昆妲確信地又說：「在船上！到印度去的船上！」

「近水樓台。」瑪波小姐說。

「在月光遍灑的甲板上，」昆妲說，「這一類的事。而且，一定是認真的，不只是逢場作戲。」

「噢，是的，」瑪波小姐說，「我想是認真的。」

「倘若真是如此，為什麼她不嫁給那個傢伙？」吉爾斯問道。

「也許他並不真的喜歡她，」昆妲緩緩地說，然後搖搖頭。「不，如果是這樣，她還是會嫁給華爾特．范尼。噢，對了，我怎麼這麼笨……一個結過婚的男人。」

她得意地看著瑪波小姐。

「正是，」瑪波小姐說，「這正是我所想的。他們雙雙墜入愛河，也許愛得入骨，難分難捨。不過如果他是使君有婦……也許還有孩子，而且還是個忠實的類型，呃，那就沒戲唱了。」

「而她無法繼續按照原先的計畫嫁給華爾特．范尼，」昆妲說，「因此她打電報給她哥哥，然後回家。是的，一切符合。而在回家的船上，她認識我父親……」

她停下來，想了想。

「不是狂熱的愛，」她說，「但是彼此吸引……還有我的問題。他們兩人都不快樂，於是彼此慰藉。我父親告訴她我母親的事，也許她也告訴他另一個男人的事……對了……」她翻動著那本手記。「『我知道有某個人，她在船上跟我說過……』某個她所愛而不能結合的人。是的，這就是了。海倫和我父親覺得他們同病相憐，還有我需要有人照顧，而她認為她能讓他快樂……說不定，她甚至認為自己最後也會快樂。」她停了下來，猛向瑪波小姐點頭，同時開朗地說：「這就是了。」

吉爾斯表情激昂。

「真是的，昆妲，你編造出這一大堆來，還假裝事實上就是這樣。」

「事實上就是這樣，一定是這樣。這給了我們第三個可能是X的人。」

「你是說……」

「那個結過婚的男人。我們不知道他人怎麼樣，他可能不是什麼好人，可能有點瘋，他可能跟蹤她到這裡……」

「你剛剛還說他到印度去。」

「哦，他總可以從印度回來吧，不行嗎？華爾特．范尼就回來了，在大約一年後。我不是說這個人真的回來，但是我說他有可能。你一直在反覆談著她生命中的男人。好，我們有了三個。華爾特．范尼，某個不知名的小夥子，還有一個已婚的男人……」

「我們還不知道這個已婚男人是否存在。」吉爾斯斷然說。

「我們會查出來的，」昆妲說，「不是嗎，瑪波小姐？」

「花點時間、耐心，」瑪波小姐說，「我們就可以查出很多。現在聽聽我的。今天在布店裡聊天的結果，我幸運地發現，當時在聖凱薩琳擔任廚子的艾迪絲．巴吉特還住在第茅斯。她妹妹嫁給這裡的一個糖果商。我想，昆妲，你去見見她是相當自然的。她也許能告訴我們很多。」

「那太好了，」昆妲說，「我想到另外一件事，」她接著又說：「我要立個新遺囑。不要這麼嚴肅，吉爾斯，我的錢還是會遺留給你。但是我要找華爾特．范尼幫我處理。」

「昆妲，」吉爾斯說，「務必小心。」

「立遺囑，」昆妲說，「是件最自然不過的事。而且我想到的辦法相當好。無論如何，我想去見他。我想看看他是什麼樣的人，而且如果可能……」

她沒有說完。

「令我感到驚訝的是，」吉爾斯說，「沒有其他人回覆我們的廣告。比如說，這位艾迪絲．巴吉特……」

瑪波小姐搖搖頭。

「在這種鄉下地區，遇到這種事，人們需要花點時間下定決心，」她說，「他們疑心重，喜歡多加考慮。」

12 莉莉・金波

莉莉・金波在廚桌上鋪了幾張舊報紙，準備用來瀝乾正在鍋子裡炸得嘶嘶作響的馬鈴薯條。她荒腔走板地哼著一首流行歌曲，漫無目的地隨意看著展現在她眼前的舊報紙。

突然她停住了哼唱，叫道：「吉姆……吉姆，聽聽這個，好嗎？」

吉姆・金波，一個話不多的老人，正在洗滌台清洗東西。他用他喜愛的單音節回答他太太。

「嗄？」吉姆・金波說。

「是報上的一則廣告。『任何人有海倫・史賓諾夫・哈里迪（閨姓甘酒迪）的消息，請跟紹森普敦市瑞德暨哈地公司聯絡』！在我看來，他們指的好像是我在聖凱薩琳做事時的哈里迪太太。他們向芬迪生太太租房子，她和她先生。她的名字是海倫沒錯……對了，她是甘酒迪醫生的妹妹，他常說我應該開刀把腺腫瘤割掉。」

金波太太暫停了下來，熟練地翻動鍋子裡炸著的馬鈴薯條。吉姆・金波就著掛巾擦擦臉，擤著鼻子。

「當然，這是張舊報紙，」金波太太重拾話題說，她看了一下報紙的日期。「差不多一個禮拜前或更久一點。不知道是怎麼回事？你想有沒有錢可賺，吉姆？」

金波先生說「嗄」，不以為然。

「可能是遺囑或什麼的，」他太太思索著說，「很久以前的事了。」

「嗄。」

「起碼有十八年了……不知道他們現在又耙出這些老掉牙的事幹什麼？你不認為可能是警方吧，吉姆？」

「究竟是什麼事？」金波先生問。

「哦，你知道我一直怎麼想，」金波太太神祕兮兮地說，「我當時告訴過你，我們離開的時候。假裝她和情人出走……當他們把太太幹掉時，做丈夫的都是這樣說的。沒錯，是謀殺。我告訴過你，也告訴過艾迪絲，但艾迪絲說什麼也不信。一點想像力都沒有，艾迪絲。那些被認為她帶走的衣服，呃，根本就不對，如果你懂我的意思。是少了一個衣箱和一個皮包，還有裝在裡面的衣服，但是很不對，那些衣服。所以，我對艾迪絲說『錯不了』，我說，『主人殺死了她，把她埋在地窖裡。』只是並不真的是在地窖裡，因為那個賴安妮，那個瑞士保母，她看到什麼，在窗子外。當時她和我一起去看電影。她是不該離開嬰兒房，但是，我說，小孩子從不會睡到一半醒過來，沒關係，晚上她總是乖乖地睡在床上。『而且太太從來不會晚上到嬰兒房去，』我說，『沒有人會知道你和我偷溜出去。』因此她就和我去了。我們回去之後，屋子裡亂糟糟的。醫生在那裡，主人病了，睡在化妝間，醫生在照顧他。後來他問我關於衣服的事。當時看起來好像沒什麼問題。我想她是和她很喜歡的那個人跑了……而他是個有家室的人。艾迪絲說她真的希望、祈禱我們不會捲入任何離婚案件中。他叫什麼名字來著？我想不起來了。開頭的第一個字母是M……或是R？老天可憐我，我的記憶力真的不管用了。」

金波先生走過來，對她的話置之不理，問說他的晚飯準備好了沒有。

「我正要瀝乾薯條……等一等，我另外拿張紙來，最好保存這一張。不可能是警方，不會在這麼久之後。也許是律師……還有懸賞。廣告上沒說有什麼好處，但是有可能……真希望我知道能向誰打聽。上面說，寫信到倫敦某個住址……我不確定我想做這種事……不能寫到倫敦人那麼多的地方……你說呢，吉姆？」

「嗯。」金波先生說著，饑餓地注視著魚和薯條。討論順延。

13 華爾特·范尼

昆妲隔著寬大的桃花木辦公桌看著華爾特·范尼先生。

她看到的是一個大約五十歲的人，有著一張溫和、難以名狀的臉，有點倦態。昆妲心想，他是那種如果你偶然遇見事後也難以回想起來的人……以現代的話來說，是個「缺乏個性」的人。當他講話時，聲音遲緩、謹慎而悅耳。昆妲斷定，也許是個非常不錯的律師。

她偷瞄了辦公室一眼……公司大股東的辦公室。她認為，這間辦公室很適合華爾特·范尼。道道地地的老式辦公室，家具破舊，但都是由上好堅固的維多利亞時代材料製成。文件檔案箱四面靠牆擺著，箱子上都有著名門望族的名字。約翰·范華蘇爾爵士。傑瑟普夫人。亞瑟·福爾克斯鄉紳。

幾面上下拉動的大窗，玻璃有點髒，開向由十七世紀毗連屋的堅實牆面所護翼著的後院。放眼所及，沒有任何時髦、現代的東西，也沒有任何低俗的物事。表面上看來，這是間不整潔的辦公室，有著堆積的文件箱，雜亂的辦公桌和一列斜靠在架上的法律書籍，但實際上是一間想找什麼東西都探手可及的辦公室。

華爾特．范尼手中揮動的筆停了下來。他慢慢綻開宜人的微笑。

「我想這一切相當明白，瑞德太太，」他說，「只是一份非常簡單的遺囑。你要什麼時候來簽署？」

昆妲說隨他什麼時候方便都可以，不急。

「我們在這裡買了棟房子，你知道，」她說，「坡園。」

華爾特．范尼瞄了他的筆記一眼說：「是的，你給了我地址……」

他平穩的男高音絲毫沒有異樣。

「一棟非常好的房子，」昆妲說，「我們很喜歡。」

「真的？」華爾特．范尼微微一笑。「是不是在海邊？」

「不，」昆妲說，「我相信屋名改變過，以前是叫聖凱薩琳。」

范尼先生取下夾鼻眼鏡。他俯視辦公桌，用一條絲巾擦拭著。

「哦，是的，」他說，「在李漢普敦路上？」

他抬起頭，昆妲心想，慣常戴眼鏡的人取下眼鏡時，看起來是多麼不同。他的雙眼……非常淺的淡灰色，似乎出奇地軟弱散漫。

他的雙眼，昆妲心想，使他那張臉看起來好像他根本不在那裡一樣。

華爾特．范尼再度戴上夾鼻眼鏡。他以精確的律師口吻說：「我想，你說你在結婚時曾經立過一份遺囑？」

「是的。不過我把一些東西遺留給在紐西蘭的親戚，如今他們已去世了，因此我想乾脆重新立一份遺囑比較單純……尤其是，我們有意永久住在這個國家裡。」

華爾特．范尼點點頭。

「是的，相當不錯的想法。好了，我想這一切已經相當清楚了，瑞德太太。或許你後天過來吧？十一點合適嗎？」

「好的，應該不成問題。」

昆妲站了起來，華爾特．范尼也隨之起身。

昆妲以她事先練習過的急促語氣說：「我……我特別來找你，是因為我想……我是說，我相信你認識我……我母親。」

「真的？」華爾特．范尼的態度增加了一點額外的社交熱情。「她叫什麼名字？」

「哈里迪，梅根．哈里迪。我想，有人告訴我……你曾和她訂過婚？」

牆壁上的一面鐘滴滴答答響著。一，二，一二，一二。

昆妲突然感覺到她的心跳有點快速。華爾特．范尼有一張多麼平靜的臉啊！就像一棟房子……一棟百葉窗全都拉下來的房子。這就表示房子裡有一具死屍（多麼荒誕的想法，昆妲！）。

華爾特．范尼聲音不變，冷靜地說：「不，我從不認識你母親，瑞德太太。不過我一度訂過婚，短期間，和海倫．甘迺迪，後來她嫁給哈里迪少校當繼室。」

「噢，我明白了，我真笨，全搞錯了。是海倫，我的繼母。當然，這是很久以前的事了，超出我的記憶範圍。我父親第二次婚姻破裂時，我還是個小孩子。不過我聽某個人說，你曾經在印度和哈里迪太太訂過婚，我當然以為是我母親。我是說，因為印度……我父親是在印度認識她的。」

「海倫．甘迺迪到印度去，是要和我結婚，」華爾特．范尼說，「後來她改變主意……在回家的船上她結識了你父親。」

他說來絲毫不帶感情，就事論事。一棟百葉窗都拉下來的房子。昆妲仍然抱持著這種感覺。

「真抱歉，」她說，「我有沒有觸及你的傷感？」

華爾特．范尼微微笑了起來，一種慢慢綻放的宜人微笑。百葉窗都拉了上去。

「那已經是十九、二十年前的事了，瑞德太太，」他說，「一個人年輕時代的煩惱和愚行，在經過這麼一段時光之後已不算什麼了。原來你是哈里迪的小女兒。你知道你父親和海倫在第茅斯住過一段時間吧？」

「噢，知道，」昆妲說，「這正是我們來這裡的緣故。當然，我不怎麼記得了，不過在我們決定該住在英格蘭什麼地方時，我首先就到第茅斯來，看看這裡是個什麼樣子。我認為這是個迷人的地方，決定就在這裡棲身，不做他處想。而且不是很幸運嗎？我們實際上就買下了多年前我家人住過的房子。」

「我記得那棟房子。」華爾特．范尼說，他再度慢慢綻放出那宜人的微笑。「也許你不記得我了，瑞德太太，但是我覺得我常讓你騎在我肩上。」

昆妲笑出聲來。

「真的嗎？那麼你是個相當熟的朋友了，不是嗎？我無法假裝我記得你……那時我才大約兩歲半或三歲，我想……你那時是從印度回來休假或什麼的嗎？」

「不，我厭棄了印度。我到那裡試著栽培茶葉，但是那裡的生活不適合我。我生來就是跟隨我父親的料，做一個平凡的鄉下律師。我早先已通過各種律師考試，因此我一回來就直接進入公司。」他頓了頓，然後說：「從那以後，我便一直待在這裡。」

他再度頓了頓，然後以較低的聲音重複說：「是的，從那以後……」

但是十八年，昆妲心想，並不真的長到……

然後，他的態度改變，和她握握手說：「既然我們似乎是老朋友，你真的必須找一天帶你先生一起到我家裡去跟我母親喝杯茶。我會要她寫信給你；同時，別忘了，星期四早上十一點？」

昆妲出了辦公室下樓梯。樓梯轉角處有個蜘蛛網。網的正中是一隻蒼白、難以名狀的蜘蛛。昆妲心想，牠看起來不像一隻真的蜘蛛。不是那種肥肥大大會捕捉蒼蠅一口把牠吃掉的蜘蛛，牠比較像是一隻蜘蛛的鬼魂。事實上，有點像華爾特‧范尼。

§

吉爾斯和他太太在海邊大道上碰面。

「怎麼樣？」他問。

「他當時在第茅斯這裡，」昆妲說，「我是說，從印度回來後。因為他常讓我騎在肩上。他不可能謀害任何人，不可能。他太文靜、太溫和了。非常好的人，真的，是那種你從不會真正注意到的人。你知道，他們出席宴會時，你絕不會注意到他們什麼時候離去。我想他正直得嚇人，而且侍母極孝，還有很多美德。但是從一個女人的眼光看來，他乏味極了。我看得出為什麼他打不動海倫的心。你知道，他是一個可以嫁的可靠良人……但是你並不真的想嫁給他。」

「可憐的傢伙，」吉爾斯說，「我想他愛她愛得發狂。」

「噢，我不知道……我不這麼認為，真的。無論如何，我確信他不是我們要找的惡毒凶手。他一點也不是我觀念中的殺人凶手。」

「你其實對凶手的了解並不多，不是嗎，親愛的？」

「你什麼意思？」

「呃……我想到文靜的麗姬・包登。只有陪審團認為不是她幹的。還有華勒司，一個文靜的人，陪審團堅決認為他殺死了他太太，但是上訴後獲得平反。還有每個人長久以來都說是個謙遜好人的阿姆斯壯。我不相信殺人凶手是種特殊類型的人。」

「我真的無法相信華爾特・范尼……」昆妲停了下來。

「怎麼樣？」

「沒什麼。」

但事實上是有什麼，她想起當她初次提及聖凱薩琳時，華爾特・范尼擦拭他的眼鏡，還有他那怪異散漫的眼神。

「也許，」她不確定地說，「他是愛她愛得發狂……」

14 艾迪絲・巴吉特

孟福德太太家的後廳是個舒適的房間。一張鋪著桌巾的圓桌，幾把老式的扶手椅，一張看來不起眼但彈性意外好的沙發靠牆擺著。壁爐上放著瓷狗和其他的擺飾，上頭掛著一幅伊莉莎白和瑪格麗特・蘿絲公主的彩色肖像。另一面牆上是穿著海軍制服的國王照片，和一張孟福德先生和一群糕餅糖果商的合照。一幅用貝殼做成的鑲嵌畫，一張濃綠的喀普里水彩寫生畫。還有其他很多東西，沒有一樣矯飾優美或高級生活的意味；但是綜合起來的結果，讓人感到是個氣氛歡樂的房間，人們一起圍坐時，相當悠然自得。

孟福德太太閨姓巴吉特，矮小圓胖，一頭黑髮飛抹著些許灰白。她妹妹艾迪絲・巴吉特高瘦個子，皮膚微黑，雖然她大概年近五十，卻幾乎全無灰髮。

「真想不到，」艾迪絲・巴吉特正在說著，「小昆妮小姐。你得原諒我這麼說，太太，不過這的確令人想起過去。你常跑進廚房，可愛極了。『溫妮斯』，你常對我說，『溫妮斯』。而你的意思是葡萄乾。你為什麼會把葡萄乾說成『溫妮斯』我就不知道了。不過你指的是葡萄乾沒錯。我常拿給你的就是葡萄乾，無子葡萄乾，也就是說，沒有果核。」

昆妲凝視著她修長的身材、紅通通的雙頰和黑眼睛，試著回想……回想……卻什麼也記不起來。記憶是種不管用的東西。

「真希望我能記起來……」她開口說。

「不可能記得起來，你那時候只是個小不點。時下好像沒人想去有孩子的人家幫傭。我不明白為什麼。孩子能給房子帶來生命，這是我的感覺。雖然準備嬰兒吃的東西要費不少工夫。但是如果你懂我的意思，太太，那錯在保母，而不是孩子。保母都是不好當的，事情一件接一件，又是餵食又是什麼的。你還記不記得賴安妮，昆妮小姐？對不起，我該說瑞德太太。」

「賴安妮？她是我的保母？」

「她是個瑞士女孩。英語不怎麼靈光，而且感情非常脆弱，非常敏感。常被莉莉惹得哭個不停。莉莉是女管家，莉莉．亞伯特，一個年輕女孩，態度傲慢，而且有點輕浮。莉莉常跟你玩很多遊戲，昆妮小姐，在樓梯那邊玩『躲貓貓』。」

昆妲情不自禁地顫抖了一下。

樓梯……

接著她突然說：「我記得莉莉。她在貓的脖子上繫個蝴蝶結。」

「對了，想不到你還記得這個！是在你生日時，莉莉堅持湯瑪斯必須打個蝴蝶結。從巧克力盒上取下來的，湯瑪斯很生氣，跑進花園裡去，在矮樹叢上摩擦，直到牠把蝴蝶結弄掉。貓不喜歡人家跟牠們開玩笑。」

「一隻黑白條紋的貓。」

「沒錯，可憐的老湯瑪斯。老鼠抓得漂亮，一隻真正的捕鼠貓。」艾迪絲．巴吉特停頓下來，一本正經地輕咳一聲。「原諒我一直說個不停，太太。不過談話可以讓人回到往日。你要問我些什麼？」

「我喜歡聽你談過去的日子，」昆妲說，「這正是我想要知道的。你知道，我是紐西蘭的親戚帶大的，他們不可能告訴我任何關於……關於我父親和繼母的事。她……她很好，不是嗎？」

「非常喜歡你，我是說她。哦，是的，她常常帶你到海灘上去，或者和你在花園裡玩。她相當年輕，你知道，像個小女孩，真的。我經常想，她和你一樣喜歡玩遊戲。你知道，說起來她自己也還只是個小孩子。甘迺迪醫生，她哥哥，比她大好幾歲，老是關起門來看書，所以當她不用上學時，她不得不自個兒玩……」

靠牆坐著的瑪波小姐溫和地問：「你一直都住在第茅斯，是嗎？」

「哦，是的，夫人，我爸爸在山後有個農莊，叫作瑞莊。他沒有兒子，他去世後媽媽無法繼續經營下去，所以把它賣了，在高街尾買下一家小店。是的，我一直都住在這裡。」

「我想你認識第茅斯的每一個人？」

「這個嘛，當然啦，以前這裡是個小地方。雖然在我記憶中，經常有很多避暑的訪客來這裡。不過每年來的都是些安安靜靜的好人，不是時下這些徒步和大型遊覽巴士載來的遊客。來的都是些好家庭，每一年來都住固定的地方。」

「我想，」吉爾斯說，「你認識海倫．甘迺迪吧，在她成為哈里迪太太之前？」

「我認識她，可以這麼說，而且我之前可能看過她。不過在我到她家做事之前，我不怎麼認識她。」

「你喜歡她。」瑪波小姐說。

艾迪絲．巴吉特轉向她。

「是的，太太，我喜歡她，」她說，態度有點抗議的意味。「不管別人說什麼，在我看來她還是很好的人。我從不相信她會做出那種事。嚇我一大跳，氣都喘不過來。你要知道，有人說……」

她突然中斷，以歉疚的眼光快速瞄了昆妲一眼。

昆妲衝動地開口。

「我想要知道，」她說，「請不要認為我會介意你說的話。她不是我的生母……」

「這倒是事實，太太。」

「而且你知道，我們非常急著……找到她。她離開了這裡，似乎就一去無影蹤。我們不知道她現在住在什麼地方，甚至她是不是還活著。而且還有其他原因……」

她遲疑了一下，吉爾斯很快接下去說：「法律上的原因。我們不知道是否該確認死亡或……或什麼的。」

「噢，我相當了解，先生。我表妹的丈夫失蹤了，是在第一次世界大戰後，為了確定死亡之類的法律事務，惹了很多麻煩，她真的很困擾。當然，先生，要是有我幫得上忙的……你們也不是什麼外人。昆妮小姐還有她的『溫妮斯』，你說得好好玩。」

「你實在非常親切，」吉爾斯說，「那麼，如果你不介意，我就直說了。根據我的了解，哈里迪太太走得相當突然？」

「是的，先生，對我們所有人來說，都是一大震驚……尤其是少校，可憐的人。他完全崩潰了。」

「我直截了當的問你……你知不知道和她出走的那個男人是誰？」

艾迪絲．巴吉特搖搖頭。

「甘迺迪醫生也這樣問過我，但我沒辦法告訴他。莉莉也沒辦法。當然啦，那個賴安妮是個外國人，就更是一點也不知道了。」

「你不知道，」吉爾斯說，「但你能不能猜猜看？這麼久以前的事了，猜猜看不會有什麼關係，即使是猜錯了也無妨。當然，你一定有某些懷疑。」

「嗯，我們是懷疑……但是你要知道，就只是懷疑而已。而且就我個人來說，我根本什麼都沒看到。但是莉莉，如同我告訴你的，是個精明的女孩，莉莉有她的看法……很久就有的看法。『相信我的話，』她常說，『那個小子愛慕她，只要注意一下他看她倒茶的樣子就知道了。他太太的眼光就像兩把劍一樣！』」

「我明白，那麼那個，呃……小子是誰？」

「先生，我恐怕記不得他的名字，都這麼多年了。一個上尉，伊斯得爾……不，不是……伊梅瑞？不是。我覺得他的名字開頭第一個字母是E，或者可能是H。不太普遍的名字。但是我已經有十六年沒再想起了。他和他太太住在皇家克里倫斯飯店。」

「避暑的訪客？」

「是的，但是我想他——或者他們夫婦倆——以前就認識哈里迪太太。他們經常上他們家。無論如何，根據莉莉所說，他愛慕哈里迪太太。」

「而他太太可不喜歡。」

「是的，先生……不過你要知道，我從不相信他們真的有事。我不知道該怎麼想才好。」

昆妲問：「海倫……我繼母出走時，他們是不是還在這裡？在皇家克里倫斯飯店？」

「就我所記得的，他們是差不多同一時間離開，早一天或晚一天。無論如何，接近得足夠引起閒言閒語。不過我從沒聽過任何確定的說法。如果她真是和他跑了，也是跑得相當祕密。我想了將近九天，還是不相信哈里迪太太真就那樣走了，那麼突然。但的確有人說，她向來就輕浮……我自己可從沒看過她有什麼輕浮的舉動。如果我這麼認為，我就不會願意跟著他們去諾福克。」

一時其他的三個人都緊緊盯著她看。然後吉爾斯說：「諾福克？他們要去諾福克？」

「是的，先生，他們在那裡買了一棟房子。哈里迪太太大約在三個星期前告訴我……在那一切發生之前。她問我，他們搬家時，我要不要和他們一起走？我說要。畢竟，我從沒離開過第茅斯，我想也許我會喜歡換個環境；再說，我喜歡他們一家人。」

「我從沒聽說過他們在諾福克買下一棟房子。」吉爾斯說。

「這……你這樣說還真巧，先生，因為哈里迪太太的確好像不想讓別人知道，她要我別告訴任何人。所以，當然啦，我沒告訴過別人。不過她早就想要離開第茅斯了。她一直催著哈里迪少校搬走，但是他喜歡住在第茅斯。我甚至相信他寫過信給芬迪生太太，問她是否考慮把聖凱薩琳賣給他。可是哈里迪太太拚死反對。她好像極力反對繼續住在第茅斯，似乎很害怕繼續留在這裡。」

她說來相當自然，然而其他三人聽後再度聚精會神。吉爾斯說：「你不認為她想搬到諾福克去，是想接近這個……這個你記不起名字的男人？」

艾迪絲．巴吉特一臉苦惱。

「哦，是，先生，我可不喜歡這樣想。而且我是真的不認為，一點也不。再說我不……我現在記起來了，他們是由北部某個地方來的，那對夫婦。諾森伯蘭，我想沒錯。他們喜歡南下度假，因為這裡的天氣十分溫和。」

昆妲說：「她是在怕什麼，是嗎？或是怕某個人？我是說，我的繼母。」

「經你這麼一說，我倒真想起來了……」

「什麼？」

「有一天莉莉走進廚房……她本來在清掃樓梯的灰塵。她說：『鬼打架！』對不起，莉莉有時候說話很粗俗，你們不要見怪。

「我問她什麼意思，她說主人和太太從花園回來走進客廳裡，門沒關，她聽到他們所說的話。

「『我怕了你，』哈里迪太太這樣說，『我很久以來就怕了你。你瘋了，你不正常。走開，不要管我。你真的不要管我，我怕了。我想，我的內心一直都懼怕你……』

「『而且她說那句話的聲音聽來真的害怕。』莉莉說。

「大致上是這樣。當然，我現在無法正確說出來。不過莉莉把它當真，所以，在那一切發生之後，她……」

艾迪絲．巴吉特突然噤若寒蟬，一種奇怪的恐懼表情掠過她的臉龐。

「我並不是說，我確信……」她開口說，「原諒我，太太，我的舌頭不聽使喚。」

吉爾斯溫和地說：「請告訴我們，艾迪絲。你知道，我們需要了解，這很重要。這的確是很久以前的事了，但是我們必須知道。」

「我無法說，真的。」艾迪絲無助地說。

瑪波小姐問：「莉莉不相信……或相信什麼？」

艾迪絲．巴吉特歉然地說：「莉莉向來就是個喜歡想東想西的人。我從不在意她說的話。她常去看電影，因而產生一些不切實際的傻念頭。事情發生的那天晚上，她出去看電影，而且還帶著賴安妮和她一起去，這是非常不對的，我這樣告訴她。『噢，沒關係，』她說，『又不是把小孩子單獨留在屋裡。有你在廚房，而且主人和太太不久就回來了。不管怎麼樣，那個小孩子一旦睡著了，就不會中途醒過來。』但這是不對的，我告訴她，雖然我後來才知道賴安妮也去了。如果我早知道她也跟去了，我一定會上樓去看看她——我是說，你，昆妮小姐——是不是好好的沒事在睡覺。廚房的門一關，便什麼也聽不到。」

艾迪絲．巴吉特頓了頓然後繼續說：「我那時正在燙衣服。夜晚的時光過得很快，我只知道後來甘迺迪醫生走進廚房，問我莉莉在什麼地方。我說她晚上休假出去了，但馬上會回來。而她真的那個時候就回來了。他帶她上樓到太太的房間，想要知道她有沒有帶任何衣服或什麼東西走。莉莉查看了一下，告訴他，然後下樓找我。她極為興奮。『她逃走了，』她說，『和某人走了。主人整個人癱軟了，中了風或什麼的。顯然對他來說是一大震驚。他真傻，他早該看出來了。』『你不該這麼說，』我說，『你怎麼知道她是跟人家跑了？也許她收到某個親戚生病打來的電報。』『愛說笑，什麼生病的親戚？』莉莉說（如同我說的，她說話很粗俗），『她留下一張字條。』『她跟誰走了？』我說，『你想是誰？』莉莉說：『不可能是索伯賽茲．馮尼先生，看他對她送秋波，還有像隻哈巴狗一樣跟著她團團轉，就知道不可能是他。』我說：『你想會不會是那個上尉……叫什麼名字來著的？』而她說：『我猜是他。不然就是我們那位坐在拉風車子裡的神祕男子。』（這是我們之間開過的一個玩笑。）我說：『我不相信。哈里迪太太不會，她不會做那種事。』而莉莉說：『這可難說，看來她是做了。』

「這些都是剛開始的事，你知道。但是後來，在我們的臥室裡，莉莉把我叫醒。『聽著，』她說，『都錯了。』『什麼錯了？』我說。她說：『那些衣服。』『你到底在說些什麼呀？』我說。『聽著，艾迪絲，』她說，『我清點過她的衣服，因為醫生要我這樣做。有一箱衣服不見了……但是那些衣服全錯了。』『你是什麼意思？』我說。莉莉說：『她拿走了一件晚禮服，銀灰色的那件……可是沒有拿和那禮服配成一套的束腰帶、胸罩和襯衣，而且她帶走的是那雙金色緞面的鞋子，而不是那雙銀色皮帶禮鞋。還有，她帶走了那套綠色斜紋呢布衣服……這套衣服她從沒在秋末之前穿過。她沒帶那件時髦的套頭衫，但她帶走了那件只有配著套裝才穿的寬鬆上衣。噢，還有她的內衣，也都拿錯了。你記住我的話，艾迪絲，』莉莉說，『她根本就沒離家出走。主人幹掉了她。』

「她這麼一說，把我嚇得完全清醒了過來。我坐直身子，問她到底在胡扯些什麼。

「『就像上個星期《世界新聞》報導的一樣，』莉莉說，『主人發現她紅杏出牆，把她給殺了，埋在地窖裡。你什麼都聽不到，因為是在前廳底下。他就是這樣幹的，然後他收拾一箱衣服，裝作好像她離家出走了。但是她就在那裡……在地窖的地板下。她絕沒活著離開這屋子。』我數落了她一頓，罵她竟然說出這麼可怕的事來。但是我承認，第二天早上我偷偷溜到地窖裡去，只是那裡就像平常一般，沒有任何東西被動過，也沒有挖掘的痕跡……我跑去告訴莉莉，說她只是在自欺欺人，但她堅持說主人殺了她。『你記得吧，』她說，『她怕他怕死了。我聽過她這樣告訴他。』『這正是你弄錯的地方，我的好女孩，』我說，『因為那根本不是主人。那天，就在你告訴我之後，我望向窗外，正好看到主人背著高爾夫球桿從山那邊走下來，所以和太太在客廳裡的人不可能是主人。是別人。』」

這些話在那舒適、平凡的客廳裡迴盪著。

吉爾斯輕聲細語地說：「是別人……」

15 一個地址

皇家克里倫斯飯店是鎮上最古老的一家飯店。它有著令人賞心悅目的弓形正面和古老世界的氣氛。這家飯店仍然接辦舉家來海濱度假一個月的生意。

坐鎮服務台後的納拉柯小姐是個熱忱的四十七歲婦人，梳著老式的髮型。她精明的眼光一看，就料定吉爾斯是「好客人」，和他輕鬆攀談起來。而吉爾斯能言善道，具有說服力，說出了個非常好的故事。他和他太太打賭——關於她教母的事——打賭她十八年前是否住過皇家克里倫斯飯店。他太太說，他們這個賭注不可能有結果，因為現在所有的舊登記簿早已丟掉了，但是他不以為然。一家像皇家克里倫斯這樣的飯店必定會保存好住宿登記簿。一定保有百年歷史。

「哦，也不盡然，瑞德先生。不過我們的確保存了所有我們中意的老顧客資料，以便聯繫。他們有的是有頭有臉的人。國王曾經一度下榻這裡……當他還是威爾斯王子時，而且霍斯汀羅茲的愛多瑪公主每年冬天也和女僕一道來這裡。另外，我們這裡也住過一些非常有名的小說家，還有肖像畫家多維先生。」

吉爾斯表示適度的興趣和敬意，稍後，他想要的資料已呈現在他眼前。

在看過了她指出來一些顯赫一時的姓名之後，他把登記簿翻到八月的地方。

沒錯，這正是他想要找的。

理查·厄斯金少校夫婦，安斯迪爾莊，諾森伯蘭郡岱斯市，七月二十七日……八月十七日。

「我可以抄下這個嗎？」

「當然可以，瑞德先生。紙和筆……噢，你有筆。對不起，我得到外頭去了。」

她把登記簿留給他，吉爾斯開始動手抄下來。

他回到坡園，發現昆妲在花園裡，俯身看著一處花壇。

她站直身子，投給他一個質問的眼神。

「有沒有碰到運氣？」

「有的，我想一定是這個。」

昆妲接過他遞過來的字條，輕聲唸道：「諾森伯蘭郡岱斯市，安斯迪爾莊。沒錯，艾迪絲．巴吉特說過諾森伯蘭。不知道他們是不是還住在那裡……」

「我們得去看看。」

「是的，是的，最好去一下……什麼時候？」

「愈快愈好。明天怎麼樣？我們自己開車去。你可以順便看看英格蘭的風景。」

「要是他們去世了或搬走了，換成別人住在那裡呢？」

吉爾斯聳聳肩。

「那麼我們就回來，另做打算。對了，我已經寫信給甘迺迪，問他能不能把海倫走後寫的那兩封信寄來給我——如果他還保存著的話——還有她的筆跡樣張。」

「我希望，」昆妲說，「我們能聯絡上另外一個傭人——莉莉，在湯瑪斯的脖子上繫蝴蝶結的那個。」

「奇怪，你竟突然記起這件事，昆妲。」

「是奇怪，不是嗎？我也記得湯瑪斯。牠是隻黑白相間的貓，生了三隻可愛的小貓咪。」

「什麼？湯瑪斯？」

「呃，我們叫牠湯瑪斯，實際上牠的名字是湯瑪斯納。你知道，貓就是這樣，隨人叫牠的名字。但是關於莉莉……不知道她後來怎樣了？艾迪絲．巴吉特似乎完全和她失去聯絡。她家不住這裡。在離開聖凱薩琳後，她到托基市做事。她就只寫過一兩封信來。艾迪絲說，聽說她嫁人了，但不知道嫁給了誰。如果我們能找到她，就可以多知道很多事。」

「還有賴安妮，那個瑞士女孩。」

「也許吧。但是她是外國人，而且不可能知道多少。你知道，我一點都不記得她。不，我覺得莉莉才有用。莉莉是個精明的人……我知道，吉爾斯，我們另外登個廣告，登個廣告找她。莉莉．亞伯特，這是她的姓名。」

「好，」吉爾斯說，「我們可以試試。還有我們明天就北上，看看能否從厄斯金那裡問出什麼來。」

16／媽媽的乖兒子

「下去，亨利，」范尼太太對一隻雙眼濡溼、眼神貪婪的長耳狗說，「瑪波小姐，趁熱再來一個吧？」

「謝謝你。這小圓麵包太美味可口了。你的廚子真是好極了。」

「路易莎真的不錯。就是健忘，她們都一樣，而且她做的布丁毫無變化。告訴我，桃樂絲・游迪的坐骨神經痛現在怎麼樣了？那常常讓她苦不堪言。我想，只是神經過敏。」

瑪波小姐連忙詳細訴說她們共同朋友的病痛情形。她想，幸好她在散布英格蘭的眾親戚朋友中，終於找出一個認識范尼太太的人，這個朋友寫信給范尼太太，說有位瑪波小姐目前人在第茅斯，請親愛的艾琳娜能不能好心招待她點什麼。

艾琳娜・范尼是個威風凜凜的高大婦人，一雙鐵灰色的眼睛，鬈曲的白髮，一張白皙的娃娃臉掩蓋住一個事實，那就是她可一點也不像娃娃那般軟弱。

她們談論著桃樂絲的病痛（或是想像中的病痛），一直談到瑪波小姐的健康情況、第茅斯的空氣，以及可憐的年輕一代。

「小時候不准他們吃乾硬的麵包，」范尼太太斷然地說，「我們家的小孩不准。」

「你有不只一個兒子？」瑪波小姐問。

「三個。最大的吉羅特在新加坡遠東銀行。羅伯在軍中。」范尼太太嗤之以鼻。「娶了一個羅馬天主教徒，」她意味深長地說，「你知道這表示什麼！所有的孩子都變成天主教徒。羅伯的父親知道了會說什麼，我不知道。我先生對宗教不熱中。現在我很少有羅伯的消息，他聽不進我純粹為他好而說的一些話。我一向認為應該實話實說，坦誠相見。在我看來，他的婚姻是一大不幸。也許他假裝過得快樂，可憐的孩子，但我不認為他的婚姻幸福。」

「我猜你最小的兒子沒有結婚吧？」

范尼太太微微一笑。

「沒有，華爾特住在家裡。他的身體有點嬌弱，從小就一直這樣，我總是得非常小心照顧他（他稍後就回來）。他是個非常體貼、孝順的兒子。我真是個非常幸運的女人，有這麼一個兒子。」

「他從沒想過要結婚？」瑪波小姐問。

「華爾特說他受不了現代的年輕女性。她們不合他的意。他和我有很多共同點，他不像其他人一樣常常外出。夜晚時，他讀薩克萊的小說給我聽，我們常玩紙牌。華爾特是個喜歡留在家裡的人。」

「這真是太好了，」瑪波小姐說，「他一直在那家公司？有人告訴我說，你有個兒子在錫蘭做茶農，不過也許他們說錯了。」

范尼太太的臉上掠過一絲不悅的神色，她催促傭人拿出核桃蛋糕待客，然後解釋。

「那是他還很年輕時的事，那種年輕人的衝動。男孩子總是渴望看看這個世界。實際上，是有個女孩在暗地裡作怪。女孩子有時候很不安分。」

「是呀，我自己的外甥，我記得……」

范尼太太不管瑪波小姐的外甥怎麼樣，她繼續說下去。她有優先發言權，而且很高興有這個機會向桃樂絲這位具有同情心的朋友追憶過往。

「一個非常不合適的女孩。好像事情往往都是這樣。噢，我不是指女演員之類的。她是本地醫生的妹妹——比較像是他女兒，真的，小好幾歲——而且那可憐的男人不懂得怎麼教養她長大。男人真是沒辦法，不是嗎？她變得相當野，先和辦公室一個年輕人糾纏不清……一個小職員，而且品行很差。他們不得不辭掉他。無論如何，這個女孩，海倫．甘迺迪，我想是非常漂亮。但我不這麼認為。我總認為她的頭髮是染過的。不過華爾特，可憐的孩子，非常迷戀她。如同我所說的，他們相當不合適，她沒有財產而且沒有前途，不是那種人家想要娶來當媳婦的女孩。然而，做母親的又能怎麼樣？華爾特向她求婚，她拒絕了，後來他就想到出國去印度種茶這個傻念頭。我先生說：『隨他去吧。』當然他非常失望。他一直期待華爾特進入他的公司，而且華爾特已經通過所有的律師檢定考試，然而他還是去了。真是的，這些年輕女人可真會惹禍！」

「噢，我知道。我外甥……」

范尼太太再度對瑪波小姐的外甥置之不理。

「所以，我親愛的孩子就出國到印度的阿薩姆或邦加羅爾……過了這麼多年，我真的記不得了。我感到非常擔心，因為我知道他的身子會受不了。而他去那裡不到一年（在那裡做得不錯，華爾特任何事都做得不錯），你相不相信，這個無恥的女孩竟然改變主意，寫信給他說她還是想要嫁給他。」

「哎呀呀。」瑪波小姐搖搖頭。

「她收拾她的嫁妝，訂了船票……你猜下一步是什麼？」

「我猜不著。」瑪波小姐聚精會神地趨身向前。

「和一個有家室的男人發生了戀情，你看看，就在去印度的船上，一名有三個孩子的已婚男人，我想是。不管怎樣，華爾特到碼頭去接她，而她劈頭就說，她終究還是不能嫁給他。你不認為這樣做太不道德了嗎？」

「噢，是太不道德了。這可能完全摧毀你兒子對人性的信心。」

「這應該讓他看清她的真面目了。但是，那種女人都很僥倖。」

「他沒有……」瑪波小姐遲疑了一下。「怨恨她的行為？有些男人會氣死呢。」

「華爾特一向自制力非常好。不管對任何事情再怎麼生氣懊惱，他都不會表露出來。」

瑪波小姐凝視著她，猶豫地試探說：「也許，那是因為真的愛得深吧？有時候孩子很叫人吃驚，一個你認為一點也不在乎的孩子卻突然嚎啕大哭。他們有一種無法表示出的敏感本性，直到超過了忍耐極限才會爆發出來。」

「啊，你這樣說非常有趣，瑪波小姐。我記得非常清楚，吉羅特和羅伯兩個人脾氣都不好，你知道，總是打架。當然，這在健康的男孩子來說，相當正常……」

「噢，是相當正常。」

「而親愛的華爾特，總是那麼文靜、有耐心。有一天，羅伯拿了他的模型飛機——他花了幾天工夫自己做出來的，那麼有耐心而且手指靈巧——而羅伯，一個精力旺盛卻粗心大意的男孩，把模型砸壞了。後來當我走進書房時，羅伯倒在地上，華爾特正用火鉗攻擊他，把他打昏了。我衝過去用力把華爾特拉開。他一直反覆地說：『他是故意的，他故意的，我要殺了他。』你知道，我嚇壞了。男孩子的感受力很強，不是嗎？」

「是的，的確是這樣。」瑪波小姐說，滿懷心思。

她轉回原先的話題。

「所以最後婚約解除。那個女孩怎麼啦？」

「她回家了。回程中又和一個男人發生戀情，這一次嫁給了那個男人，一個有孩子的鰥夫。剛失去太太的男人總是個不錯的目標。沒辦法，可憐的傢伙。她嫁給了他，在鎮上另一邊的一棟房子安頓下來……聖凱薩琳，在醫院隔壁。當然，並未持久。一年不到她離開了他，和某個男人跑掉了。」

「哎呀呀！」瑪波小姐搖搖頭。「你兒子逃過了是多麼幸福啊！」

「我就是這樣告訴他的。」

「他放棄種茶，是因為他的身體受不了嗎？」

范尼太太眉頭微微一皺。

「那裡的生活不怎麼適合他，」她說，「在那女孩回來大約半年後，他就回家了。」

「那一定有點尷尬，」瑪波小姐冒險一說，「要是那年輕的女人就住在這裡。在同一個鎮上……」

「華爾特真是怪，」華爾特的母親說，「他表現得就像什麼事都沒發生過一樣。我自己倒認為該一刀兩斷，不要再碰面（我當時的確也這樣對他說），畢竟，見面只是徒然造成雙方的尷尬。但華爾特始終對他們很友善。他常隨意去她家，和那孩子玩……對了，很有趣，那孩子回到這裡了。她如今已經長大成人，嫁了丈夫，那天上華爾特的辦公室去立她的遺囑。瑞德，這是她現在的姓，瑞德。」

「瑞德夫婦！我認識他們，一對無憂無慮的年輕夫妻。想不到她就是那個孩子……」

「前妻的孩子。那位前妻死在印度。可憐的少校……我忘了他的名字……哈爾衛？有點像。那個蕩婦離開他後，他整個人崩潰了。真想不通，為什麼最壞的女人總是吸引到最好的男人！」

「那個剛開始和她糾纏不清的年輕人呢？你說是你兒子公司的一個小職員。他後來怎麼啦？」

「後來自己闖得很好。他經營客車遊覽公司，水仙遊覽車，亞傅列水仙遊覽車公司。漆成鮮黃色。如今時代不同了，這是個平俗的世界。」

「亞傅列？」瑪波小姐說。

「傑克．亞傅列。一個壞心眼、激進的傢伙，總是一心一意往前闖，我想是。也許這就是他盯住海倫．甘酒迪的緣故。醫生的女兒嘛，以為那會提高他的社會地位。」

「那麼這個海倫從未再回到第茅斯來嗎？」

「沒有。走了倒清靜。也許現在不得善終。我替甘酒迪醫生感到難過，這不是他的錯。他父親的第二任太太是個輕浮的小東西，小他好幾歲。我想，海倫繼承了她的野性。我總認為……」

范尼太太中斷下來。

「華爾特回來了。」

他媽媽的耳朵聽出了門廳裡熟悉的腳步聲。門打開，華爾特走了進來。

「這是瑪波小姐，孩子。拉下鈴，孩子，我們要添些茶。」

「不用麻煩了，媽，我已經喝過了。」

「當然要換些茶來……還有來些小圓麵包，碧翠絲。」她對來拿茶壺的女僕說。

「是的，太太。」

華爾特・范尼慢慢地綻放出宜人的微笑說：「我媽媽把我給寵壞了。」

瑪波小姐一邊應答一邊研究著他。

一個外表文靜、溫和的人，態度有點羞怯，沒有特色。一個非常平凡無奇的人，是那種女人置之不理、只有在她們所愛的人不愛她們時才會下嫁的忠實年輕人。華爾特，一直在那裡的華爾特。可憐的華爾特，他母親的乖兒子……小華爾特・范尼用火鉗攻擊他哥哥，想把他打死……

瑪波小姐思索著。

17

理查・厄斯金

安斯迪爾莊的景色淒涼。它是一棟白色房子，背景是同樣淒涼的小山。一條蜿蜒的車道穿過濃密的灌木林。

吉爾斯對昆妲說：「我們何必來這一趟？我們能說些什麼？」

「我們不是已經想好了？」

「是的……就某種程度而言。幸好瑪波小姐的表哥的堂妹的姨媽的舅子或什麼的住在這附近……但是，這和你老遠跑來追問人家過去的戀愛史還差一大截。」

「而且又是那麼久以前的事。也許……也許他甚至不記得她了。」

「也許他不記得了。而且他們之間也許根本就沒有戀情。」

「吉爾斯，我們是不是太庸人自擾？」

「我不知道……有時候覺得，不懂為什麼我們要關心這一切，這在現在又有什麼重要？」

「那麼久的事了……嗯，我懂。瑪波小姐和甘迺迪醫生都說過：『不要去管它。』我們為什麼要管，吉爾斯？到底是什麼讓我們繼續下來的？難道是她？」

「她？」

「海倫。是不是因為她我才開始記憶？是不是我童年的記憶，是她和生命、和事實之間唯一的聯繫？是不是海倫在利用我……還有你，以求真相大白？」

「你是說，因為她慘死……」

「是的。他們說……書上說，有時候他們不得安息……」

「我想你是在胡思亂想，昆妲。」

「也許是。無論如何，我們可以……選擇。這只是一次社交性的拜訪，不需要有什麼進一步的聯想，除非我們想……」

吉爾斯搖搖頭。

「我們繼續吧。我們已身不由己。」

「是的，你說得沒錯。然而，吉爾斯，我想我還是有點害怕……」

§

「你們是來找房子嗎？」厄斯金少校說。

他遞給昆妲一盤三明治，昆妲拿起一份，看著他。理查・厄斯金是個矮個子，大約五呎九吋。他的頭髮灰色，有一對疲憊、深思的眼睛。他的聲音低沉、悅耳，帶點懶洋洋的味道。他沒有什麼突出的特色，但是他，昆妲心想，確確實實吸引人……實際上他不如華爾特・范尼好看，大部分的女人都會略過華爾特・范尼不多看他一眼，卻不會放過厄斯金。范尼沒有什麼特色。厄斯金，儘管看來文靜，但很有個性。他以平凡的態度談論著平凡的事物，但他有種東西……某種女人迅速感受而且能夠引起純然女性反應的東西。昆妲下意識地理理她的裙子，整整髮鬢，抿抿雙唇。十九年前，海倫・甘迺迪可能愛上了這個男人。昆妲對這相當確信。

她抬起頭來，發現女主人的眼光正落在她身上，她不禁臉紅起來。厄斯金太太正在與吉爾斯講話，但是她在望著昆妲，而她的眼神帶著半打量、半懷疑的意味。珍妮特・厄斯金是個高大的女人，她的聲音深沉，幾乎有如男人一般。她有運動員的體格，穿著剪裁精細的大口袋斜紋軟呢服，看起來年紀比她先生大，不過昆妲料定，事實並非如此。她的臉有點憔悴。昆妲心想，一個不快樂、饑渴的女人。

她對自己說，我猜她一定讓他受盡活罪。

她大聲繼續交談。

「找房子是件很叫人洩氣的事，」她說，「房屋仲介的廣告說明總是好得不得了，結果等你到實地一看，簡直不值一提。」

「你們想在這附近安頓下來？」

「這……這是我們考慮到的環境之一。其實是因為這裡靠近『海德寧城牆』。吉爾斯一向很迷『海德寧城牆』。你知道——我想，在你聽來可能有點奇怪——可以說，住在英格蘭任何地方對我們來說都一樣。我自己的家在紐西蘭，我在這裡沒有任何親戚。而吉爾斯每個假日都到不同的姨媽家去住過，所以也沒有任何特別的親戚。我們唯一不想的是太靠近倫敦。我們想住在真正的鄉下。」

厄斯金微微一笑。

「你們必然發現這裡是真正的鄉下，完全與世隔絕，鄰居稀少而且相隔遙遠。」

昆妲心想，她偵測到他愉悅的聲音中帶著一股淒涼的暗流。她突然瞥見了一種孤寂的生活……冬天短暫昏暗的日子，風聲在煙囪中呼嘯，所有的窗簾拉上，門戶緊閉，守著那眼神饑渴、悶悶不樂的女人；鄰居稀少而且相隔遙遠。

然後這一幕褪去。夏日再度降臨，法式落地窗開向花園，陣陣玫瑰花香隨著夏日的聲息飄進來……

她說：「這是棟古老的房子，對吧？」

厄斯金點點頭。

「安妮皇后時代的。我的家人在這裡住了將近三百年。」

「這是一棟可愛的房子，你一定深引以為榮。」

「現在有點老舊了。稅收制度使得保養成了困難。然而，現在孩子們都出社會了，最艱苦的時期已經過去。」

「你有幾個孩子？」

「兩個男孩。一個在軍中，另一個剛從牛津大學畢業。他要進一家出版公司做事。」

他的目光移向壁爐，昆妲的目光隨之移動。那邊有一張兩個男孩的合照……想必是大約十八歲和十九歲，她判斷應該是幾年前拍攝的。他的表情帶著驕傲和深情。

「他們是好孩子，」他說，「縱使是我自己說的。」

「他們看起來好極了。」昆妲說。

「是的，」厄斯金說，「我想是值得的，真的。我是說，為自己的孩子犧牲。」他看著昆妲詢問的表情加上最後一句話。

「我想，往往……一個人得放棄很多。」昆妲說。

「有時候是很多……」

她再度察覺到一股暗流，但是厄斯金太太插嘴進來，以她深沉、權威性的聲音說：「你們真的想在這裡找一棟房子？我恐怕不知道這一帶有什麼適合的。」

昆妲有點不懷好意地心想，即使你知道也不會告訴我。她想，這愚蠢的老女人是在吃醋，因為我在和她丈夫講話，因為我年輕、有吸引力而吃醋！

「這要看你們有多急。」厄斯金說。

「一點也不急，」吉爾斯愉快地說，「我們想找到我們真正喜歡的。目前我們在第茅斯有棟房子，在南海岸。」

厄斯金少校離開茶桌，到窗邊的一張桌子上拿菸盒。

「第茅斯。」厄斯金太太說。

她的聲音沒有任何情緒，她的雙眼望著她先生的後腦袋。

「相當小的地方，」吉爾斯說，「你知道那個地方嗎？」

一陣沉默，然後厄斯金太太再度以波瀾不興的聲音說：「有一年夏天，我們在那裡度過幾個星期，好幾年前了。我們不喜歡那裡，發現那裡容易讓人懶洋洋。」

「是的，」昆妲說，「我們正是覺得這樣。吉爾斯和我比較喜歡讓人提振精神的環境。」

厄斯金拿著香菸走回來。他把菸盒遞到昆妲面前。

「你會發現，這一帶的空氣夠提神的了。」他說，聲音中帶有某種冷酷的意味。

昆妲在他幫她點菸時，抬起頭看他。

「你還記得第茅斯嗎？」她毫無技巧地問。

他的唇角一扭，她猜想是突然的痛苦痙攣。他以曖昧的聲音回答說：「我想，記得相當清楚。我們住在……我想想看，皇家喬治……不，皇家克里倫斯飯店。」

「噢，是的，那是一家很不錯的老式飯店。我們的房子離那裡相當近，叫作坡園，但以前是叫聖……聖……聖瑪麗，是不是，吉爾斯？」

「聖凱薩琳。」吉爾斯說。

這一次他們的反應絕對假不了。厄斯金的臉突然轉向一旁，厄斯金太太的杯子在茶托上敲出聲響。

「也許，」她突然說，「你們想去花園看看。」

「哦，是的，請。」

他們從法式落地窗走出去。這是座整理得宜、花木扶疏的花園，一列長長的花壇，幾條鋪砌石板的小徑。昆妲如此猜想，花園主要是由厄斯金少校照顧。厄斯金對她談著各種玫瑰花以及草本植物，他陰鬱的臉色明亮了起來。顯然他醉心園藝。

在他們終於告辭、驅車離去時，吉爾斯吞吞吐吐地問：「你……你把它丟了嗎？」

昆妲點點頭。

「丟在第二叢飛燕草附近。」

她低頭看著她的手指，搓揉著原先戴著結婚戒指、現在戒指已不見了的關節。

「那麼要是你找不回來呢？」

「呃，那不是我真正的結婚戒指，我不會拿結婚戒指來冒險。」

「我很高興聽你這麼說。」

「我非常珍惜那枚戒指。你還記不記得，當你把它戴上我的手指時，你說了什麼？送我一枚綠色翡翠戒指，因為我是一隻魅力十足的綠眼小貓。」

「我敢說，」吉爾斯不解風情地說，「我們特殊的示愛方式在某些人聽來頗為奇怪，比如說，瑪波小姐那一輩分的人。」

「不知道她現在在做些什麼，這可愛的老東西。坐在門口曬太陽？」

「一定在做些什麼……如果我對她的了解沒錯！到處探索、查問。我希望她這些日子來不要問了太多。」

「這是相當自然的事……我是說，對一個老婦人來說。不像我們去問那麼惹人注目。」

吉爾斯的臉色再度變得嚴肅起來。

「這正是我不喜歡的……」他突然中斷下來，然後繼續說：「我介意的是，最後不得不由你去做。我無法忍受那種感覺，覺得我閒坐在家裡，卻叫你出去做那種見不得人的事。」

昆妲的手指輕輕劃過他露出憂色的面頰。

「我知道，親愛的，我知道。但是你必須承認，這事不能大意。盤問男人過去的戀情，是無禮的舉動，但是女人有辦法避免受責難……如果她聰明的話。我會表現得聰明一點。」

「我知道你聰明。但如果厄斯金是我們要找的那個男人……」

昆妲想了想，說：「我不認為他是。」

「你是說，我們找錯了對象？」

「也不完全是。我想他是愛上海倫沒錯。但是他人很好，吉爾斯，非常好。一點也不像是會勒死人的人。」

「你對那種會勒死人的人又沒有多少經驗，不是嗎，昆妲？」
「是沒有，不過我有女人的直覺。」
「我敢說，這正是被勒死的人經常說的話。不，昆妲，玩笑歸玩笑，千萬要小心，好嗎？」
「當然。我替那可憐的人感到很難過。有那樣的一個老婆，他一定過得很悽慘。」
「她是個怪女人……有點令人心驚膽戰。」
「是的，相當邪惡。你有沒有注意到她在監視我的那副樣子？」
「希望我們的計畫能順利進行。」

§

第二天上午，計畫付諸實行。
吉爾斯感到自己——如同他所說的——有點像是個接辦離婚案件的私家偵探，在一處可以俯視安斯迪爾莊大門的有利地點就位。大約在十一點半時，他向昆妲報告一切進行順利。厄斯金太太已經開著一輛小奧斯汀汽車出門，顯然是到三哩路外的市區小鎮，時機正好。
昆妲驅車到大門，按下門鈴。她指名要找厄斯金太太，對方回說她出去了。然後她說要找厄斯金少校。

厄斯金少校在花園裡。昆妲走向他的時候，他正在花床上忙著。看到她，他連忙站直了身子。

「很抱歉打擾了你，」昆妲說，「不過我想，昨天我一定是在這裡掉了一枚戒指。我們喝過茶出來這裡時，我還戴在手指上。那枚戒指有點鬆，但是丟掉了我會受不了，因為那是我的結婚戒指。」

他們開始一起找。昆妲沿著昨天踏過的路線走著。試著回想她在什麼地方站立過、摸過什麼花。不久那枚戒指出現了，就在一大叢飛燕草附近，昆妲大大鬆了一口氣。

「好了，現在來喝一杯怎麼樣，瑞德太太？啤酒？雪利酒？或是你寧可要一杯咖啡之類的？」

「我什麼都不要，真的，不用了。只要一根菸，謝謝。」

她在一條長板凳上坐下來，厄斯金坐在她身旁。

他們靜靜地抽了一會兒菸，昆妲的心跳得有點快。沒有第二條路了，她不得不冒險一試。

「我想問你一些事情，」她說，「也許你會認為我太魯莽無禮，可是我非常想知道……而你或許是唯一能告訴我的人。我相信你曾經愛過我繼母。」

他一張愕然的臉轉向她。

「你繼母？」

「是的，海倫．甘迺迪。後來她成了海倫．哈里迪。」

「原來如此。」

她身旁的男人非常平靜。他的雙眼望向外頭陽光下的草坪，視而不見。指間夾著的香菸兀自冒著煙。昆妲感覺得到那緊張的身軀中內心的騷動，他的臂膀觸及她。

厄斯金有如在回答自己的問題，說：「那些信，我想是。」

昆妲未予作答。

「我沒寫過幾封信給她，兩封，也許三封。她說她已經把它們銷毀了。但是女人從不會銷毀信，不是嗎？所以它們到了你手上，而你想要知道。」

「我想多知道她一些，我……非常喜歡她，雖然那時我還只是個很小的孩子，就是她出走的時候。」

「她出走了？」

「你不知道？」

他與她四目相對，他的眼神坦白、驚訝。

「我沒有她的消息，」他說，「自從……自從那個夏天在第茅斯之後。」

「那麼你不知道她現在人在什麼地方？」

「我怎麼會知道？好幾年以前了……好幾年了。一切都已結束、忘記了。」

「忘記了？」

他有點苦澀地微微一笑。

「不，也許沒忘……你的感知力非常強，瑞德太太，告訴我有關她的事吧。她不會是……死了吧？」

突然一小股冷風竄起，他們的頸間一陣涼颼颼。

「我不知道她是不是死了，」昆妲說，「我對她一無所知。我想或許你可能知道？」

他搖搖頭。她繼續說：「你知道，那年夏天她離開第茅斯……有一天晚上，走得相當突然，沒有告訴任何人，而且她沒有再回去過。」

「而你認為我可能有她的消息？」

「是的。」

他搖搖頭。

「沒有，一點消息也沒有。不過她哥哥——當醫生的那個傢伙——住在第茅斯，他一定知道。或是他也死了？」

「不，他還活著，但是他也不知道。你知道，他們都以為她跑了，和某人跑了。」

他轉過頭去看著她，深深憂傷的眼神。

「他們以為她和我跑了？」

「這，有可能。」

「有可能嗎？我倒不這麼認為，絕不是這樣。或者我們是一對傻瓜……一對有良心的傻瓜，讓我們幸福在一起的機會白白溜過去？」

昆妲默默無言，厄斯金再度轉過頭看著她。

「或許你還是聽一聽的好，其實也沒多少好說的，但是我可不想讓你錯怪了海倫。我們在前往印度的船上認識。我們有個孩子生病了，我太太緊隨著搭上下一班船。海倫是要去嫁給一個待在林場或森林裡的男人，她並不愛他。他只是她的一個老朋友，人不錯，她想要離開她那不快樂的家。我們彼此相愛。」

他暫停了一下。

「這種事說來總是單調無味，但我要說清楚，這絕不只是一般的船上戀情，我們是認真的。我們兩人都……呃，飽受挫折，卻也無可奈何，我無法傷害珍妮特和孩子們的心，海倫了解我的處境，如果只是珍妮特……可是還有孩子在，一切都毫無希望。我們同意互道再見，同時試著忘掉這段戀情。」

他笑了起來，短促、悲傷的笑。

「忘掉？我從不曾忘掉，一直都忘不了。生活是一座活地獄，我無法不想起海倫……

「她並沒有嫁給她原先出國要嫁的那個傢伙。到了最後一刻，她就是無法面對它。她回到英格蘭，而在回家途中，她認識了另一個男人……你父親，我想是。幾個月後她寫信給我，告訴了我。他的妻子去世後他很不快樂，她說，而且還有個孩子。她認為她能使他快樂起來，這是最好不過的了。她從第茅斯寫信給我，大約八個月之後，我父親去世，我繼承了這個地方。我先把一些文件寄回來，然後回到英格蘭。我們想先度幾個星期的假，然後才搬進這棟房子來。我太太建議到第茅斯去，有個朋友提過那是個漂亮的地方，而且安安靜靜的。當然，她不知道海倫的事。你能想像那種誘惑力有多大嗎？再度見到她，看看她嫁的那個男人是什麼樣子。」

一陣短暫的沉默，之後厄斯金說：「我們住在皇家克里倫斯飯店，這是個錯誤。再度見到海倫有如下地獄一般。大體上來說，她似乎很快樂。我不知道。她避免單獨和我在一起……我不知道她是否還念舊情……也許她的感情舊創已經痊癒了。我想，我太太起了疑心。她是……她是個嫉妒心很強的女人，一向都是。」他唐突地又說：「一切就是這樣。我們離開了第茅斯……」

「在八月十七日。」昆妲說。

「是這個日期嗎？也許吧，我無法確切記得。」

「是個星期六。」昆妲說。

「是的，你說得對。我記得珍妮特說那天北上的車可能會很擠，但是我不認為……」

「請盡力回想，厄斯金少校。你最後見到我繼母海倫是什麼時候？」

他微微一笑，溫文、疲倦的微笑。

「我不用太盡力，我在我們離開的前一天晚上去見她，在沙灘上。我晚飯之後漫步到那裡，她已經到達了。那附近沒有其他人，我和她一起回到她家。我們走過花園……」

「什麼時間？」

「我不知道……九點吧，我想是。」

「然後你們道別？」

「然後我們道別。」他再度笑了起來。「噢，不是你所想的那種道別，而是非常唐突而簡短。海倫說：『現在請走吧，快快走吧。我寧可不……』她停了下來。然後，我……我就走了。」

「回到飯店去？」

「是的，是的，後來。我先散步走了長長的一段路，一直走到郊外去。」

昆妲說：「這麼多年之後，日期難以確定。但我想就是那天晚上她出走了，而且沒再回去過。」

「我明白。第二天我和太太離開後，人們開始閒言閒語，說她和我跑了。人們的想法真可愛。」

「無論如何，」昆妲直率地說，「她並沒有和你出走？」

「天啊，沒有，絕沒有這種事。」

「那麼你為什麼認為……」昆妲問，「她離家出走了？」

厄斯金皺起眉頭。他的態度改變，變得有興趣。

「我明白，」他說，「這倒是個問題。她沒有……呃，留下任何說明？」

昆妲考慮了一下，才說出自己的看法。

「我不認為她留下任何話。你認為她和別人跑了？」

「不，她當然沒有。」

「你好像相當確信。」

「我確信。」

「那麼為什麼她不見了？」

「如果她突然離家出走，就像你們說的那樣，那麼我只能看出一個可能的理由：她在逃避我。」

「逃避你？」

「是的。也許，她怕我會試著再見她，我會糾纏她。她一定看出我仍然……熱愛著她……是的，一定是這樣。」

「這無法解釋，」昆妲說，「為什麼她沒再回去。告訴我，海倫有沒有跟你說過我父親什麼？說她擔心他？或是……或是怕他這一類的？」

「怕他？為什麼？噢，我明白了，你認為他可能吃醋。他是個會吃醋的男人嗎？」

「我不知道。他去世時我還是個小孩子。」

「哦，我明白。不，回想起來，他好像很正常，而且討人喜歡。他喜歡海倫，以她為榮……我不想多說了。不，會吃醋的人是我，我嫉妒他。」

「在你看來，他們在一起還快樂吧？」

「是的，是快樂。我一方面高興，一方面又感到受傷，看到他們快樂的在一起……不，海倫從未對我談論過他。如同我所告訴你的，我們幾乎沒有單獨在一起過，從沒談過心裡的話。不過現在經你這麼一提，我倒想起來了，我當時認為海倫在擔心……」

「擔心？」

「是的。我想也許是因為我太太……」他中斷了話語。「但應該不只這樣。」

他再度逼視著昆妲。

「她怕她先生？他嫉恨跟她有關的男人？」

「你好像不以為然。」

「嫉妒是非常奇怪的東西。有時候它能深藏起來讓你毫不起疑。」他的身子快速地顫抖一下。「但是它可能很嚇人，非常嚇人……」

「另一件事我想知道……」

昆妲沒再繼續說下去。一輛車沿著車道開過來。厄斯金少校說：「啊，我太太上街回來了。」

一時之間，他變成了不同的一個人。他的聲調平易而正常，臉上毫無表情。但是微微的戰慄顯示出他在緊張。

厄斯金太太大跨步走到屋角。

她丈夫迎向她去。

「瑞德太太昨天在花園裡掉了一枚戒指。」他說。

厄斯金太太猝然說：「真的嗎？」

「你早，」昆妲說，「是的，運氣好，我找到了。」

「真是非常幸運。」

「噢，是的。要真掉了，我可就恨死自己了。好了，我該走了。」

厄斯金太太什麼都沒說。厄斯金少校說：「我送你上車。」

說完他隨著昆妲沿著庭院露台走去。他太太的聲音突然傳過來。

「理查，如果瑞德太太不介意，有個非常重要的電話……」

昆妲很快地說：「噢，沒關係，不用麻煩了。」

她沿著庭院露台跑著，繞過屋角跑到車道上。

然後她停了下來。厄斯金太太把車子停成那個樣子，昆妲懷疑她是否能把自己的車子開出車道上。她猶豫了一下，然後轉身走回庭院露台去。

快步走到法式落地窗時，她突然死一般地停住了腳步。厄斯金太太深沉、帶磁性的聲音清晰地傳入她的耳裡。

「我不管你說什麼。你安排好的，昨天安排好的。你和那個女孩約好，趁我去岱斯的時候到這裡來。你一直都是老樣子，任何漂亮的女孩都好。我不會忍受的，我告訴你，我不會忍受的。」

厄斯金的聲音插進來，平靜，幾近於絕望。

「有時候，珍妮特，我真的認為你有精神病。」

「有精神病的人不是我，是你！你無法不拈花惹草。」

「你知道這不是事實，珍妮特。」

「是事實！甚至很久以前，在這個女孩來的那個地方，第茅斯，你敢說你沒有愛上那個叫哈里迪的黃髮女人？」

「你就不能忘掉嗎？為什麼你非要一直重複這些事情不可？你太多心了，而且……」

「是你！你傷透了我的心……我不會忍受的，我告訴你！我不會忍受的！偷偷計畫好約會！在我背後笑我！你不在乎我……你從不在乎我。我會自殺！我會跳下懸崖！我寧可死掉好了……」

「珍妮特，珍妮特，看在老天的份上……」

深沉的聲音在夏日的空氣中飄浮著。

昆妲躡手躡腳地走開，繞回車道上。她考慮了一下，然後按下門鈴。

「我不知道，」她說，「是否有人……呃，能把這輛車子移動一下，我的車子出不來。」

僕人轉回屋子裡去。不久一個男人從庭院走過來，對著昆妲碰碰頭上戴著的便帽，進入那輛奧斯汀，把它開進院子裡去。昆妲進入她的車子，很快地開回飯店去，吉爾斯正在那裡等她。

「你去的時間可真久，」他迎接她說，「有沒有什麼收穫？」

「有，現在我都知道了。真是有點悲愴的味道，他非常熱愛海倫。」

她敘述上午的經過。

「我真的認為，」她結尾說，「厄斯金太太有點精神病，聽她講話相當瘋狂，我現在明白他所謂的嫉妒心了，那樣的感覺一定很可怕。不管怎樣，我們現在知道厄斯金不是那個和海倫出走的男人，而且他對她的死一無所知，他離開她的那天晚上她還好端端活著。」

「嗯，」吉爾斯說，「至少……那是他說的。」

昆妲表情憤慨。

「那……」吉爾斯堅定地重複說，「是他說的。」

18 野生旋花植物

瑪波小姐蹲在法式落地窗外的坡地上處理一些狡猾的野生旋花植物。成果不大，因為表面上看來是除盡了，其實它們還是一直在那裡，還會再長出來。不過，至少那些飛燕草暫時是獲救了。

古荷太太出現在客廳的窗前。

「對不起，太太，甘迺迪醫生來了。他急著想知道，瑞德先生和太太要多久才會回來，我告訴他我說不上來，不過你可能知道。要不要我叫他到這裡來？」

「哦。好的，麻煩你，古荷太太。」

古荷太太不久便隨著甘迺迪醫生一起出現。

瑪波小姐有點慌張地自我介紹。

「我和親愛的昆妲安排好了，在她出外的時候，我過來做點除草的工作。你知道，我的年輕朋友被他們的兼差園丁佛斯特哄騙了。他一個星期來兩次，喝好幾杯茶，講很多話，卻沒有——據我所知——做多少工作。」

「是的，」甘迺迪醫生有點心不在焉地說，「是的，他們都是一個樣，都是一個樣。」

瑪波小姐打量著他。他看起來比瑞德夫婦所描述的老，她猜想，比實際年齡老。而且，看起來一副心事重重、悶悶不樂的樣子。他站在那裡，手指撫摸著他好勇鬥狠的長下巴。

「他們出外去了，」他說，「你知道去多久嗎？」

「噢，不會很久的。他們去看一些英格蘭北部的朋友。年輕人都很不安定，總是東奔西跑。」

「是的，」甘迺迪說，「是的，這倒是事實。」他頓了頓，然後有點羞怯地說：「吉爾斯·瑞德寫信給我，向我要一些文件……呃，信件，說如果我能找到的話……」

他遲疑了一下，瑪波小姐平靜地說：「你妹妹的信？」

他很快地以精明的眼光看了她一眼。

「原來……你和他們無所不談，是吧？你是他們的親戚？」

「只是朋友，」瑪波小姐說，「我盡我所能提供他們意見。但人們很少聽得進別人的忠告。遺憾，也許是吧，不過我還是說了……」

「你給他們的忠告是什麼？」他好奇地問。

「讓死亡長眠吧。」瑪波小姐堅定地說。

甘迺迪醫生坐在一張生鏽的椅子上。

「說得很好，」他說，「我很喜歡昆妮，她是個不錯的小女孩，我那時就認為她長大後會是個好女孩，但我怕她正在自找麻煩。」

「麻煩有很多種。」瑪波小姐說。

「呃？是的，是的，這倒是事實。」他嘆了口氣，然後他說：「吉爾斯．瑞德寫信問我能不能把我妹妹的信——在她離開這裡以後寫的信——交給他，還有她的筆跡樣張。」他雙目凝神看了她一眼。「你明白這是什麼意思吧？」

瑪波小姐點點頭。

「我想我明白。」

「他們正在舊事重提，循線追查，認為凱文．哈里迪說他勒死了他太太是實情。他們認為，我妹妹在離家出走之後所寫的信根本不是她寫的，說那兩封信是偽造的。他們相信她沒活著離開這棟房子。」

瑪波小姐溫和地說：「而你自己至今仍然不十分確定？」

「我當時十分確信。」甘迺迪兩眼仍然直視前方。「當時似乎非常清楚，那純粹是凱文的幻覺……沒有屍體，一箱衣服被帶走了，我還能怎麼想？」

「而你妹妹在那段時間，有點，啊哼……」瑪波小姐故意巧妙地輕咳一聲。「對某個男士感興趣？」

甘迺迪醫生注視著她。他的眼裡含著深深的痛苦。

「我愛我妹妹，」他說，「但是我得承認，海倫身邊的男人老是在更換，有些女人生來就是這樣，她們控制不住自己。」

「當時在你看來一切都很清楚，」瑪波小姐說，「但現在就不了。為什麼？」

「因為，」甘迺迪醫生坦白地說，「在我看來，如果海倫還活著，這麼多年來都沒和我聯絡，實在是叫人難以置信。同樣地，如果她死了，而我卻一點也不知道，這也是很奇怪的事。這……」他站了起來，從口袋取出一包東西。「我已經盡力了。我收到的海倫的第一封信一定是毀掉了，我找不到。不過我留下了第二封……沒有住址，只有留下待領局名的那一封。還有，這是我找到的海倫的筆跡，以供比照。這是一張球莖植物等等的表，供栽種用的。她保存下來留底。這張留底的字跡在我看來和信上的一樣，但我不是專家。我留下來給吉爾斯和昆妲。也許沒什麼價值。」

「我……不。我相信他們明天……或者後天就回來了。」

醫生點點頭。他站著，望向庭院露台一帶，雙眼仍然視若無睹。突然他說：「你知道我擔心的是什麼嗎？如果凱文．哈里迪真的殺了他太太，他一定把屍體藏了起來，或是用什麼方法處理掉了。這意思是說（我不知道還能有其他什麼意思），他告訴我的是個編造出來的聰明故事。他事先藏起一只裝滿衣服的皮箱，讓人家以為海倫已經離家出走了；甚至安排信件從國外寄回來……事實上，意思就是說，這是事先經過深思熟慮的慘酷謀殺。小昆妮是個好孩子，對她來說，有個偏執狂的父親已經夠糟了，但有個蓄意殺人的凶手父親更是十倍不幸。」

他大搖大擺地走向敞開的窗門。瑪波小姐在他臨去之前快速地問了一個問題。

「你妹妹怕的是誰，甘迺迪醫生？」

「怕？就我所知，沒有任何人。」

「我只是在想……如果我問的問題欠考慮，請你原諒。是有個年輕人，不是嗎？我是說，某些糾紛，在她還很年輕的時候。我想是某個叫亞傅列的人。」

「噢，那個。大部分的女孩都做過傻事。一個不受歡迎的年輕小夥子，不老實，而且當然身分和她不配，一點都不配。後來他在這裡惹了麻煩。」

「我只是懷疑他是否可能……懷著報復的心理。」

甘迺迪醫生有點懷疑地微微一笑。

「噢，我想那種心理並不深。不管怎樣，如同我所說的，他在這裡惹了麻煩，永遠離開了這個地方。」

「什麼樣的麻煩？」

「噢，不是犯下什麼罪。只是欠考慮，太多嘴，洩漏了他雇主的祕密。」

「他的雇主是華爾特・范尼先生？」

甘迺迪醫生顯得有點驚訝。

「是的，是的……經你這麼一說，我倒記起來了，他是在『范尼暨華奇門』公司做過事。不是聘雇的，只是個普普通通的小職員。」

只是個普普通通的小職員？

甘迺迪醫生走後，瑪波小姐再度俯身清除野生旋花植物，心裡想著……

19

金波先生說話了

「我不知道，真的不知道。」金波太太說。

她的先生，在氣憤之下，終於開口說話了。

他把茶杯往前一推。

「你在想些什麼啊，莉莉？」他問道，「沒加糖？」

金波太太連忙撫息他的氣憤，替他的茶加糖，然後繼續推敲她自己的主題。

「我是在想這個廣告，」她說，「莉莉‧亞伯特，上面寫著，明明白白的。還有『前任第茅斯聖凱薩琳莊女侍』。那是我，沒錯。」

「嗄。」金波先生同意說。

「這麼多年了，你一定也覺得奇怪，吉姆。」

「嗄。」金波先生說。

「這……我該怎麼辦，吉姆？」

「不去管它。」

「要是有利可圖呢？」

金波先生一口喝掉茶杯裡剩餘的茶，滿意地從喉嚨擠出一聲巨響，一副準備發表長篇大論的樣子。他把茶杯往前一推，先以簡短的一句「再倒一杯」作為開場，然後開始說話。

「你說過一大堆聖凱薩琳發生的事。我不太注意，認為不外是些無聊的話，女人家的閒言閒語。但也許不是，也許是真的發生了什麼事。如果是這樣，那是警方的事，你不會想扯到裡面去。一切都已經過去了，結束了，不是嗎？沒你的事，不要去管它，我的女孩。」

「這樣說是沒錯。但也許遺囑裡留了些錢給我。也許哈里迪太太一直都好端端地活著，而如今她死了，在她的遺囑裡留下什麼東西給我。」

「留下什麼東西給你？為什麼？嗄！」金波先生說，回復他偏愛、用以表示不屑的單音節。

「即使是警方……你知道，吉姆，有時候會懸賞一大筆獎金，給能夠提供線索捉拿凶手的人。」

「那麼你能提供什麼線索？你所知道的，都是你的腦袋瓜子裡編出來的！」

「這是你說的。我一直在想……」

「嗄。」金波先生厭煩地說。

「哦，我是一直在想。打從我在報紙上看到那第一則廣告開始。也許我的想法有點錯。那個賴安妮，她像所有外國人一樣有點笨，無法適當了解你對她說的話，而且她的英語又糟。如果她的意思並不是我所想的……我一直想記起那個男人的名字……如果她看到的是他……記得我告訴你的那部電影吧？《祕密情人》。非常過癮。最後他們經由他的車子查出了他。他給了加油站工人五萬元的美金，叫他不要對任何人說他那天晚上車子加滿了油。不知道換算成英鎊是多少……而另外一個也在那裡，而那個做丈夫的嫉恨得發瘋。他們都為她瘋狂，最後……」

金波先生把椅子往後一推，發出刺耳的聲響。他緩慢、沉重地站了起來，威嚴十足。在準備離開廚房之時，他發出了一項最後通牒……一個雖然平常不說出來，卻具有某些精明看法的最後通牒。

「你不要去管這件事，我的女孩，」他說，「要不然，恐怕你會後悔。」

他走進洗滌間，穿上靴子（莉莉特別注重她廚房地板的清潔），走了出去。

莉莉坐在桌旁，她敏銳的小腦袋瓜正想著辦法。當然她不能完全反對她先生所說的，然而，吉姆那麼冥頑、那麼守舊……她真希望能找個人問問。某個熟悉懸賞、警方等等這類事情的人。白白浪費掉一個進財的機會太可惜了。

那架無線電收音機，那套家庭燙髮器，那件「羅素服飾店」裡的櫻桃色外套……甚至也許賞金夠買一整套高級黑橡木家具擺在客廳裡……

她渴望、貪婪、短見地繼續夢想著。

多年以前賴安妮到底說的是什麼？

後來她想到了一個主意。她站了起來，拿來一瓶墨水、一枝筆和一本書寫紙。

「我知道我該做什麼了，」她自言自語。「我要寫信給那個醫生，哈里迪太太的哥哥。他會告訴我該怎麼做……如果他還活著的話。無論如何，我那時是出於良知才沒有告訴他賴安妮所說的話……或是關於那部車子的事。」

接下去有段時間除了莉莉振筆疾書的刷刷聲外，一片靜寂。她很少寫信，她發現寫起來相當吃力。

然而信終究還是寫好了，她把它裝進信封裡，封了起來。

但是她感到沒有事先期盼的那樣滿足。醫生八成已經過世了，或是已經離開了第茅斯。

還有沒有其他人？

叫什麼名字來著，那個傢伙？

要是她記得就好了……

20 海倫這個女孩

吉爾斯和昆妲從諾森伯蘭回來之後，才剛吃完早餐，瑪波小姐就來了，她感到有點不好意思。

「我怕是來得太早了。並不是我習慣這樣，但是有件事我想說明一下。」

「我們很高興見到你，」吉爾斯說著拉過一張椅子給她。「喝點咖啡吧。」

「哦，不，不用了，謝謝，什麼都不用，我早餐吃得很飽。現在讓我說明一下。你們不在的時候，我來過這裡，你們說過我可以來做點除草的工作……」

「你真是太好了。」昆妲說。

「而我真的感到很驚訝，一個星期兩天的工作，對這座花園來說是不夠的，不管怎麼樣，我認為佛斯特是在占你們的便宜，茶喝太多，話也講太多了。我發現他無法另外再安排出一天來，所以我自作主張又請了另外一個人，一個星期只來一天……星期三，事實上就是今天。」

吉爾斯好奇地看著她。他有點驚訝，這或許是一番好意，不過瑪波小姐的這項行動，令人微微有干涉他人家事之感，這不像是她會做的事。

他緩緩地說：「佛斯特是太老了，我知道，就一些真正吃力的工作來說。」

「瑞德先生，恐怕孟寧先生更老，他告訴我，七十五了。不過你知道，我想雇用他，只是雇用幾天，可能是項有利的行動，因為多年以前，他受雇於甘迺迪醫生家。對了，順便告訴你們，和海倫糾纏不清的那個年輕人是亞傅列。」

「瑪波小姐，」吉爾斯說，「我錯怪你了，你是位天才，你知道我已經從甘迺迪醫生那裡得到海倫筆跡的樣張了吧？」

「我知道，他帶來時我在這裡。」

「我今天把它們寄出去了，我上星期弄到一個優秀字跡鑑定專家的地址。」

「我們到花園裡去見見孟寧吧。」昆妲說。

孟寧是個駝背、看來性情執拗的老人，有一雙黏溼、狡獪的眼睛，在他的雇主向他走近時，他耙土的動作明顯加快了些。

「早安，先生。早安，太太。這位女士說，你們需要一個每星期三來幫忙的額外助手，我樂於效勞，這個地方看來是荒蕪了，真是可惜。」

「這花園恐怕已經荒蕪好幾年了。」

「沒錯。我記得，在芬迪生太太那個時候，這裡美如圖畫，她非常喜歡她的花園，芬迪生太太。」

吉爾斯悠然地倚在滾筒上，昆妲摘下一些玫瑰花蒂，瑪波小姐在退後幾步的地方，蹲下來清除野生旋花植物，老孟寧倚在耙子上，一切就緒，氣氛恰到好處，適合閒談過去的時光以及舊日的園藝工作。

「我想這附近一帶的花園你都熟悉吧。」吉爾斯拋磚引玉地說。

「啊，這個地方我還算熟，是的，還有人們熱中的一些奇思怪想。住在北邊尼亞格拉的尤爾太太，她常把籬笆修剪得像麻雀一樣。可笑，剪成孔雀是一回事，麻雀可就不同了。再來是藍帕德上校，他偏好秋海棠，有好幾花床可愛的秋海棠。這現在已經很少見了，不時興種秋海棠。我不想告訴你，在過去的六年當中，我有多常在各家前門的草坪花床上忙著種花，然後又翻種，種了又換，換了又種。人們好像不再中意天竺葵和山梗菜了。」

「你在甘迺迪醫生家做過，不是嗎？」

「啊，那是很久以前的事了，一定是從一九二〇年起……他現在搬走了，歇業了。現在住在柯羅斯比別墅的是年輕的布倫特醫生，他有奇奇怪怪的點子，弄些小小的白藥片等等，他叫它們維他命。」

「我想你記得海倫．甘迺迪小姐，那個醫生的妹妹。」

「啊，我是記得海倫小姐沒錯，漂亮的女孩，長長的黃頭髮，醫生非常重視她，在她結婚之後，回來就住在這棟房子裡，嫁給一個從印度回來的軍人。」

「是的，」昆妲說，「我們知道。」

「啊，我聽說……上星期六晚上，你和你先生是她的什麼親戚。漂亮得好像是波克特族人一樣，海倫小姐，在她剛從學校回來時。而且，十分好玩，想要到每個地方去……跳舞、打網球之類的，我得替網球場重新畫線。那裡我想差不多二十年沒用過了，而且矮樹都長過頭了，我不得不去修剪，還得帶一大堆白色塗料去把線畫出來，費了很多工夫。但到頭來又幾乎沒用上。那真是奇怪的事，我總是這樣想。」

「什麼奇怪的事？」吉爾斯問。

「網球場的事，有天晚上某人過去，把球網割得支離破碎。真的是支離破碎，為了洩憤，可以這麼說，就是這樣……洩憤。」

「可是有誰會去做這種事？」

「這正是醫生想要知道的，他對這件事相當憤怒。這也難怪，他剛花錢買的。不過我們沒有一個說得出來是誰幹的，我們一直都不知道。他說他不再買了。這也沒錯，因為如果是有人存心拿它洩憤，他還是會再去把它弄壞。但是海倫小姐非常生氣。她的運氣不好，海倫小姐運氣不好，先是球網被割爛，然後是腳嚴重受傷。」

「腳嚴重受傷？」昆妲問。

「是的，碰到一支挖土的工具或什麼的跌倒割傷了，看起來只不過是皮肉擦傷，卻一直治不好，醫生相當擔心，他替她搽藥、包紮，卻一直好不起來。我記得他說：『我不懂，那個工具一定有鬼。而且不管怎麼說，』他說，『把工具擺在車道中央幹什麼？』因為有個漆黑的夜晚，海倫小姐走路回家時，就是在車道中央碰到它跌倒的。可憐的女孩，坐在家裡腳抬得高高的，不能出去跳舞，她的運氣好像一直都不好。」

時候到了，吉爾斯心想，他不經意地問：「你記得一個叫亞傅列的人嗎？」

「啊，你是說傑克．亞傅列？在范尼暨華奇門公司上班的那個？」

「是的，他不是海倫小姐的朋友嗎？」

「那真是有點荒唐。醫生阻止他們交往，這做得相當對。他不是什麼好東西，傑克．亞傅列，而且他太過精明了，到頭來自己傷到了自己，那種人。不過他在這裡沒待多久，自己捅了嘍子。走了清靜，我們第茅斯不想要這種人，到別的地方去耍他的聰明吧，只要不在第茅斯就好了。」

「網球場的網被割碎時，他人在這裡嗎？」昆妲說。

「啊，我知道你在想什麼，他不會做那種傻事，他聰明得很，傑克．亞傅列。幹那件事的人只是想洩憤。」

「有沒有任何人怨恨海倫小姐，因而可能想找機會洩憤？」

老孟寧低聲輕笑。

「可能有某個女孩懷恨在心沒錯，她們比起海倫小姐來都差得遠，不值得一看。不，我想那件事純粹是件愚行，是某個嫉妒在心的流浪漢幹的。」

「海倫是不是因傑克．亞傅列的事而非常不安？」昆妲問。

「我不認為海倫小姐對那些年輕小夥子有多在乎，她只是想享受她自己的青春，如此而已。有些人對她非常死心塌地……華爾特．范尼先生就是其中之一，經常像隻哈巴狗一樣跟著她到處轉。」

「但是她根本不喜歡他？」

「海倫小姐不會看上他的，她只是一笑置之，就這樣。出國去了，他，不過後來他又回來了，現在是公司老闆，一直都沒成家。我不怪他，女人給男人的生活添了很多麻煩。」

「你有沒有成家？」昆妲問。

「我已經埋掉兩個太太了，」老孟寧說，「啊，我沒什麼好埋怨的，現在自己一個人自由自在，高興在什麼地方抽菸斗就在什麼地方抽。」

在隨後的沉默中，他重新拾起耙子。

吉爾斯和昆妲踏上小徑，走向屋子去，瑪波小姐放下除草的工作，加入他們。

「瑪波小姐，」昆妲說，「你的臉色不怎麼好，是不是有什麼……」

「沒事，我親愛的，」老婦人暫停了一會兒，然後以出奇的強硬語氣說：「你知道，我不喜歡網球場那件事，割得支離破碎，即使……」

她停了下來，吉爾斯好奇地看著她。

「我不怎麼明白……」他開口說。

「你不明白？在我看來明白得嚇人，但或許你不明白還好些，無論如何，也許我錯了。來，告訴我你們在諾森伯蘭的進展吧。」

他們把經過情形告訴她，瑪波小姐聚精會神地聽著。

「一切都非常令人傷心，」昆妲說，「事實上是相當悲劇性。」

「是的，的確是，可憐的東西，可憐的東西。」

「這正是我的感覺，那個人一定飽受折磨……」

「他？哦，是的，是的，當然。」

「可是你是指……」

「哦，是的，我想的是她……他太太，也許深深愛著他，而他娶她是因為她合適，或是因為替她感到難過，甚至是為了男人經常產生的那些同情心或合理的理由。實際上這些理由都非常不公平。」

我通曉上百種愛的方式，

然而每一種方式都令所愛的人悲傷。

吉爾斯柔聲引述說。

瑪波小姐轉向他。

「是的，這說得很對。嫉妒，你知道，通常並不是一件說得出理由的事，而是……我該怎麼說，比這更根本得多了。了解到自己付出去的愛沒有得到回報，因此一直等待、觀察、期盼下去……希望自己所愛的人會變成另外一個人。結果，一成不變地，希望又落了空，因此這位厄斯金太太使她先生的日子很難過，而他，身不由己地，也使得她的日子很難過，但我想受苦最深的是她。然而，你知道，我敢說他真的相當喜歡她。」

「不可能。」昆妲叫了起來。

「噢，親愛的，你還太年輕，他從未離他太太而去，這其中自有其意義在，你知道。」

「為了孩子，為了他的責任。」

「為了孩子，也許，」瑪波小姐說，「不過我必須坦白說，在我看來，男人並不怎麼看重他們對太太的責任……對公務則是另一回事。」

吉爾斯笑了起來。

「你真是個憤世嫉俗的人，瑪波小姐。」

「唉，瑞德先生，我可不希望這樣，我總是對人性抱著希望。」

「我仍然覺得不可能是華爾特．范尼，」昆妲若有所思地說，「而且我確信不是厄斯金少校，事實上我知道不是。」

「個人的感覺未必是可靠的指引，」瑪波小姐說，「最不可能的人往往就是惹事的人。

在我住的那個小村子裡，就曾經發生過一件相當駭人聽聞的事，『聖誕俱樂部』的總務把所有的基金都拿去賭馬。他反對賭馬，而且反對任何打賭或賭博的行為。他父親是個賽馬掮客，對待他母親非常惡劣，因此，就性格上來說，他是相當真實的。但是有一天，他碰巧開車到新市場附近去，看到了一些馬在接受訓練，然後他就迷上了……龍生龍，鳳生鳳，老鼠生的會打洞，一點也不假。」

「華爾特．范尼和理查．厄斯金兩人的祖先雖然沒有值得懷疑的紀錄，」吉爾斯沉重地說，嘴角有點奇怪的扭曲。「但謀殺大都是業餘者犯下的罪行。」

「重要的是，」瑪波小姐，「他們都在場，都在事發的地點。華爾特．范尼當時人在第茅斯，厄斯金少校，根據他自己的說法，在海倫．哈里迪死前不久和她在一起，而且他那天晚上過了一段時間才回到他下榻的飯店。」

「但是他相當坦白。他……」

昆妲中斷下來，瑪波小姐緊緊盯住她看。

「我只是想強調，」瑪波小姐說，「他們在事發地點的重要性。」她的目光在她和他之間來回穿梭。然後她說：「我想你們很容易查出亞傅列的住址，身為水仙遊覽車公司的負責人，這應該相當容易查出來。」

吉爾斯點點頭。

「這件事我會辦，也許他的住址刊在電話號碼簿上，」他頓了頓。「你認為我們該去見見他？」

瑪波小姐過了一會兒才說：「如果你們去見他，一定要非常小心。記住那老園丁剛剛所說的：傑克・亞傳列是個聰明人。請……請小心……」

21 J・J・亞傅列

J・J・亞傅列。水仙遊覽車，迪汶・杜謝遊覽公司。在電話號碼簿上刊有兩個電話號碼。一個是在艾吉特的辦公室號碼，另一個是艾吉特市郊的私人住宅號碼。

見面日期訂在第二天。

就在吉爾斯和昆妲上車準備離去時，古荷太太從屋子裡跑出來向他們招手，吉爾斯踩下煞車，讓車子停了下來。

「甘迺迪醫生打電話來，先生。」

吉爾斯下車，跑回屋子裡去。他拎起話筒。

「我是吉爾斯・瑞德。」

「你早。我剛收到一封有點奇怪的信。一個叫莉莉・金波的女人寫來的。我絞盡腦汁想她是誰。起初以為是以前的病人，但實在想不出來有這個人。不過我覺得她一定是在你們家服務過的女孩，以前的女侍。我相當有把握她叫莉莉，雖然我記不起來她姓什麼。」

「是有個叫莉莉的，昆妲記得她。她在貓脖子上繫個蝴蝶花結。」

「昆妮的記憶力一定非常驚人。」

「噢，是的。」

「我想和你們談談這封信……不是在電話中談。我現在過去你們會在嗎？」

「我們剛剛要出發去艾吉特。我們可以過去你那裡，如果你比較喜歡這樣，先生。正好順路，不費事。」

「好，這太好了。」

§

「在電話中我不想多談，」他們抵達時醫生說，「我總認為有人偷聽電話。這就是那女人寫來的信。」

他把信攤開在桌子上，是個沒受過教育的人用便宜的格紙寫的。

親愛的先生（莉莉·金波如此寫著）：

如果你能就我附上的這則剪報給我忠告，我會很感謝你。我一直在想，而且我跟金波先生說過，但我不知道要怎麼做最好。你認不認為這表示有錢，還是有獎金，因為我需要錢。可是我不想要惹警察進來，我常常想到那個晚上哈里迪太太出走的事，而且我不認為，先生，她曾經出走，因為衣服錯了。我起先以為是主人幹的，但是現在我不這麼有把握，因為我在窗外看到一輛車子。它是一輛漂亮的車子，而且我以前看過它，不過我沒有先問問你之前，不想做任何事。而且不想問警察，因為我從來沒和警察打過交道，而且金波先生不喜歡。我可以來看你，先生，如果我可以下個星期四……因為這是上市場的一天，金波先生會出去。如果你能我會非常感謝。

莉莉．金波敬上

「信是寄到第茅斯我以前住的地方去，」甘迺迪說，「然後轉到這裡來給我。剪報是你們登的廣告。」

「太好了，」昆妲說。「這位莉莉，你知道，她不認為是我父親幹的！」她歡呼道。

甘迺迪醫生以仁慈倦怠的眼光看她。

「對你來說是好消息，昆妮，」他柔聲說，「我希望你是對的。我認為我們最好這樣辦：我回她的信，告訴她星期四過來這裡。火車路線銜接得相當不錯。在第茅斯站換車，四點半左右她就可以到達這裡。如果你們那天下午過來，我們就可以一起問問她。」

「好極了，」吉爾斯說。他瞄了一眼腕錶。「走吧，昆妲，我們得快點。我們和人家約好了，」他解釋說，「和水仙遊覽車公司的亞傅列先生，他告訴我們他是個大忙人。」

「亞傅列？」甘迺迪皺起眉頭。「對了！迪汶遊覽公司，水仙遊覽車，可怕的大型奶油色車子。這個名字好像還和其他的事有關。」

「海倫。」昆妲說。

「我的天……不會是那小子吧？」

「是的。」

「但他是一隻可憐的過街老鼠。原來他出人頭地了？」

「告訴我一件事好嗎，先生？」吉爾斯說，「你中止了他和海倫之間的交往，是不是單純只因為他的……呃，社會地位？」

甘迺迪醫生冷淡地瞄他一眼。

「我是老古板，年輕人。就現代人的真理來說，每個人都一樣美好。無疑的，這是就道德上來說。但我深信一個事實，那就是每個人生來就注定適合某一層面的生活……我相信你只有留在那個層面裡才是最快樂的。此外，」他接著又說：「我認為那個傢伙不是個好東西，事實證明如此。」

「他究竟做了什麼？」

「這我現在不記得了。就我記憶所及，他企圖利用受雇於范尼之便出售一些資料，有關他們客戶的一些機密。」

「他……他是不是因為被解雇而懷恨在心？」

甘迺迪以銳利的眼光瞄了他一眼，簡短地說：「是。」

「你不喜歡他和你妹妹交往，沒有任何其他原因嗎？你不認為他……呃，有任何奇怪的地方？」

「既然你提起了這件事，那我就坦白回答你。在我看來，尤其是在他被解雇之後，傑克·亞傅列表現出性情不穩定的跡象。事實上，是初期的被害妄想症。不過就他後來出人頭地看起來，似乎這個病態並沒有繼續發展下去。」

「誰解雇了他？華爾特·范尼？」

「我不知道是不是和華爾特·范尼有關，他是被公司解雇的。」

「他抱怨說他是受害者？」

甘迺迪點點頭。吉爾斯說：「我明白……好了，我們必須開快車趕路了。星期四見，先生。」

§

房子是新建的。一棟司諾克里特式的建築，外型曲線繁複，窗戶寬闊。他們被引進屋子裡，穿過豪華的門廳來到書房，一張鍍鉻大書桌占去了書房的一半。

昆妲緊張地低聲向吉爾斯說：「真的，我不知道要是沒有瑪波小姐我們該怎麼辦。先是她在諾森伯蘭的朋友，現在又是她什麼『牧師太太少年俱樂部年度出遊會』。」

吉爾斯伸手暗示她不要再說下去，房門打開，J．J．亞傳列一陣風般地走進來。

他是個胖胖的中年人，穿著有點粗野的方格花紋西服。他的兩眼黝黑精明，面孔透紅，容貌善良。看起來像是個一般人觀念中成功的賭馬業者。

「瑞德先生？你早。很高興見到你。」

吉爾斯介紹昆妲給他。她感到她的手被過分熱情地緊緊握住。

「有什麼我能替你效勞的嗎，瑞德先生？」

亞傳列在他的大書桌後面坐下來。他掀開瑪瑙菸盒蓋子，請他們抽菸。

吉爾斯切入「少年俱樂部出遊會」的話題。他的一些老朋友負責這項活動，他急於安排在迪汶遊覽幾天。

亞傳列立即在商言商起來……報價、建議等。不過他的臉上有些微疑惑的表情。

最後他說：「好了，都談得夠明白了，瑞德先生，我會送一份報價單過去給你確認。不過這完全是辦公室裡的事，我聽我的職員說，你要求私下和我見面談談。」

「是的，亞傳列先生。實際上我想見你是有兩件事。我們已經解決了一件。另外一件純粹是私人的事。我太太急欲聯絡她數年沒見的繼母，不知道你能不能幫我們的忙。」

「這……如果你們告訴我她的名字……我猜我認識她吧？」

「你曾經和她相識。她的姓名是海倫．哈里迪，在婚前她是海倫．甘迺迪小姐。」

亞傅列十分安靜地坐著。他的雙眼緊縮，座椅緩緩地向後傾斜。

「海倫．哈里迪……我想不起來。海倫．甘迺迪……」

「以前住在第茅斯。」昆妲說。

亞傅列座椅的前腳突然落回地面。

「想到了，」他說，「當然。」他透紅的圓臉高興地微微露出笑容。「小海倫．甘迺迪！是的，我記得她。不過是很久以前了，起碼有二十年。」

「十八年。」

「真的嗎？光陰似箭，一點也沒錯。不過恐怕你們會失望，瑞德太太。從那段時間以後，我沒再見過海倫，甚至沒有過她的消息。」

「唉，」昆妲說，「這真叫人失望。我們真的很希望你能幫忙。」

「有什麼麻煩了嗎？」他的眼睛快速在他們之間流轉。「吵架？離家出走？金錢問題？」

昆妲說：「她離家出走了，突然地離開第茅斯，在十八年前……和某個人。」

傑克．亞傅列甚覺有趣地說：「而你以為她可能是和我走的？為什麼？」

昆妲大膽地說：「因為我們聽說你和她，曾經……呃，彼此喜歡對方。」

「我和海倫？噢，可是那並沒有什麼，只是少男少女的事，我們都沒把它當真。」他冷淡地加上一句：「我們的交往沒有受到鼓勵。」

「你一定認為我們非常冒昧……」昆妲說。

但是他打斷了她的話。

「有什麼關係？我這個人不敏感。你想要找某個人，而你認為我可能幫得上忙。你儘管問吧，我沒什麼好隱瞞的。」他若有所思地看著她。「原來你是哈里迪的女兒？」

「是的。你認識我父親嗎？」

他搖搖頭。

「有一次我因為生意上的事到第茅斯，曾經順路去看海倫。我聽說她結婚了，而且住在那裡。她有教養得很……」他頓了頓。「可是她沒留我吃晚飯。不，我沒遇見你父親。」

昆妲懷疑他所說的「她沒留我吃晚飯」是不是有怨恨的意味？

「她……如果你還記得……看起來快樂嗎？」

亞傅列聳聳肩。

「快樂得很。但這是很久以前的事了。如果她看起來不快樂，我應該會記得。」他接著以十分自然好奇的態度說：「你是說，你十八年來一直都沒有她的消息？」

「沒有。」

「沒有……信？」

「來過兩封信，」吉爾斯說，「不過我們有理由認為不是她寫的。」

「你們認為不是她寫的？」亞傅列覺得有趣。「聽起來像是驚悚電影一樣。」

「在我們看來正是如此。」

「她哥哥呢，那個當醫生的傢伙，他也不知道她在什麼地方嗎？」

「不知道。」

「我明白。全然的一個謎，不是嗎？為什麼不登廣告？」

「我們已經登過了。」

亞傅列隨意地說：「看起來好像是她死了，而你們沒聽說。」

昆妲顫抖起來。

「冷嗎，瑞德太太？」

「不。我也在想海倫死了，我不喜歡想到她死了。」

「你說得對，我自己也不喜歡這樣想。她是個絕妙佳人。」

昆妲衝動地說：「你認識她，你和她很熟。我對她只有兒時的記憶。她是個什麼樣子的人？人們對她的觀感如何？你的觀感呢？」

他注視她一會兒。

「我會老實告訴你，瑞德太太。信不信隨你，我為她感到難過。」

「難過？」她不解地注視著他。

「就是這樣。她那時剛從寄宿學校回家，就像任何一個女孩一樣，渴望好好玩一玩。而她那古板的中年哥哥，滿腦子都是女孩子能做什麼和不能做什麼的想法。那小女孩真夠受的了，一點生活樂趣也沒有。我帶她出去玩過，讓她見識一下生活。我並不是真的很喜歡她，她也不真的喜歡我。她只是以身為一個『不怕死的人』為樂。後來他發現我們在約會，便阻止我們繼續交往。不怪他，真的。她的身分本來就比我高。我們並沒有定情或什麼的。我是要結婚，不過要等我年紀再大一點。而且我準備要好好奮鬥一番，同時找一個能幫助我的太太。海倫沒有錢，而且我們一點也不相配。我們只是好朋友，外帶一點逢場作戲，各自尋開心而已。」

「不過你一定很生氣，在醫生……」

昆妲暫停了下來，亞傅列說：「我承認，我是被激怒了。你不會喜歡別人對你說『你不是什麼好東西』。但是，生氣是沒用的。」

「後來，」吉爾斯說，「你丟掉了工作。」

亞傅列的臉色不怎麼好看。

「被炒了魷魚，離開了范尼暨華奇門公司。我很清楚誰該負這個責任。」

「哦？」吉爾斯以質問的語氣說。

但是亞傅列搖搖頭。

「我不說出來，我有自己的想法。我被陷害了，如此而已；而且我很清楚是誰幹的好事。那當然！」他的雙頰脹紅。「真是可恥，」他說，「監視一個人，設下圈套，誘他中計。噢，我是有仇人沒錯，但我從未讓他們把我打垮。我一向是有恩報恩、有仇報仇，我不會忘記。」

他停了下來，態度突然恢復正常。他再度顯得和藹親切。

「這麼看來，我恐怕幫不上忙了。我和海倫有過一段歡樂的時光，如此而已。感情並不深入。」

昆妲凝視著他。這個故事說得夠明白的了。然而，是事實嗎？她感到懷疑。好像有什麼呼之欲出。她知道是什麼。

「然而，」她說，「你後來到第茅斯去時，還是去看她。」

他笑了起來。

「你可把我問倒了，瑞德太太，是的，我是去見她。也許我是想讓她看看，我並沒有因為一個馬臉律師把我趕出辦公室就窮途潦倒。我有份不錯的事業，開著一輛拉風的轎車，我自己闖得很好。」

「你不只見她一次，對吧？」

他猶豫了一下。

「兩次，也許三次，只是順道去拜訪而已。」他突兀地斷然點頭示意到此結束。「抱歉我幫不上你們的忙。」

吉爾斯站了起來。

「很抱歉占用了你這麼多時間。」

「沒關係。換個口味談談過去也不錯。」

房門打開，一個婦人探頭進來，很快地道歉。

「噢，真是抱歉，我不知道你有客人……」

「進來，親愛的，進來。見見我太太。這是瑞德先生、瑞德太太。」

亞傅列太太分別和他們握握手。她是個高瘦、憂鬱的婦人，穿著剪裁合宜的服裝。

「我們正在談論過去的老時光，」亞傅列說，「在我認識你之前的日子，桃樂西。」

他轉向他們。

「我在一次海上旅遊時認識我太太，」他說，「她的娘家不住在這裡，她是波特漢伯爵的表妹。」

他驕傲地說，高瘦的婦人一陣臉紅。

「這些海上旅遊非常有益。」吉爾斯說。

「非常有教育意義，」亞傅列說，「我沒受過什麼教育。」

「我總是告訴我先生，我們應該去參加一次希臘海上旅遊。」亞傅列太太說。

「沒有時間，我是個大忙人。」

「我們不該再耽誤你的時間，」吉爾斯說，「再見，同時謝謝你。你會把報價單寄給我們吧？」

亞傅列陪他們走到門口。昆妲轉身回顧。亞傅列太太站在書房外的走道上，她的兩眼固定在她先生的背部，表情奇異而且有點掛慮。

吉爾斯和昆妲再次說再見，同時向他們的車子走去。

「討厭，我忘了我的圍巾。」昆妲說。

「你總是忘東忘西。」吉爾斯說。

「不要愁眉苦臉的，我去拿回來就是了。」

她跑回屋子裡去。透過敞開的書房門，她聽到亞傳列大聲地說：「你管那麼多幹什麼？老是想不開。」

「抱歉，傑克，我不知道。他們是誰，為什麼他們讓你這麼不安？」

「他們沒有讓我不安。我……」

他看到昆妲站在走道上，停住了嘴。

「噢，亞傳列先生，有沒有看到我的圍巾？」

「圍巾？沒有，瑞德太太，沒在這裡。」

「我真笨，一定是在車子裡。」

她再度走了出去。

吉爾斯已經發動車子。一輛黃色耀眼的豪華高級大轎車停在碎石路邊。

「很不錯的車子。」吉爾斯說。

「『一輛拉風的車子』，」昆妲說，「你記不記得，吉爾斯？艾迪絲・巴吉特轉述莉莉的話時曾經提過？莉莉打賭說是厄斯金上尉，而不是『坐在拉風車裡的神祕男人』。難道你還不明白，坐在拉風的車子裡的神祕男人就是傑克·亞傳列嗎？」

「是的，」吉爾斯說，「而且莉莉在寫給醫生的信中，也提及一輛『拉風的車子』。」

他們彼此對視。

「他在那裡，『在事發地點』，如同瑪波小姐所說的。那天晚上，噢，吉爾斯，我恨不得星期四快點到，好聽聽莉莉·金波說些什麼。」

「要是她臨時怯縮根本不來了呢？」

「噢，她會來的。吉爾斯，如果那天晚上那輛『拉風』的車子是在那裡……」

「你覺得是一輛像這樣的『黃禍』？」

「在欣賞我的車子嗎？」亞傳列先生親切的說話聲讓他們嚇得差點跳起來。他斜倚在他們身後修剪整齊的籬笆上。「我叫她小金鳳花。我一向喜歡漂亮的車身。讓人目不轉睛，不是嗎？」

「是的。」吉爾斯說。

「我喜歡花，」亞傳列先生說，「水仙、金鳳花、荷包草，都是我最喜歡的。這是你的圍巾，瑞德太太，滑落到桌子後面去了。再見，很高興見到你們。」

「你想他有聽到我們叫他的車子為『黃禍』嗎？」他們驅車上路時昆妲問。

「噢，我想是沒有。他似乎相當和善，不是嗎？」

吉爾斯表情有點不安。

「是……是的。不過我不認為那有什麼。吉爾斯，他那位太太……她怕他。我看到她臉上的表情。」

「什麼？那個快活的傢伙？」

「也許他骨子裡並不那麼快活……吉爾斯，我不覺得我喜歡亞傅列先生。我懷疑他到底在後面聽我們說話多久了……我們究竟說了些什麼？」

「沒什麼。」吉爾斯說。

但是他的表情仍然不安。

22 莉莉赴約

「這，真要命。」吉爾斯叫了起來。

他剛拆開一封午後郵差送來的信，正全然驚愕地凝視著內容。

「怎麼啦？」

「是筆跡專家的鑑定報告。」

昆妲急切地說：「信不是她從國外寫來的？」

「正是，昆妲，是她寫的。」

他們面面相覷。

昆妲不相信地說：「那麼那兩封信不是假的，真是她親手寫的……海倫那天晚上真的離家出走，而且她真的從國外寫信回來。所以她根本就沒有被勒死？」

吉爾斯緩緩地說：「看起來是這樣。這真的非常令人困擾。我不了解，就在一切都似乎指向別的方向時。」

「也許專家鑑定錯誤？」

「我想有可能。不過他們好像相當自信。昆妲，我真的不懂。我們是不是一直在庸人自擾，出盡洋相？」

「一切都從我在戲院出醜開始？我告訴你現在該怎麼辦，吉爾斯，我們去找瑪波小姐。四點半去找甘迺迪醫生之前我們還有時間。」

然而，瑪波小姐的反應和他們預料的有點差別。她說，這真是太好了。

「可是親愛的瑪波小姐，」昆妲說，「你這是什麼意思？」

「我親愛的，我的意思是，某人聰明反被聰明誤。」

「可是，怎麼個誤法？」

「栽了個跟頭。」瑪波小姐滿意地點點頭說。

「怎麼說？」

「這，親愛的瑞德先生，你當然看得出，這縮小了範圍。」

「接受海倫真的寫了那兩封信的事實……你的意思是說，她仍然可能被謀殺掉？」

「我的意思是，似乎某人認為信必須真出自海倫的手跡，是非常重要的事。」

「我明白……我認為我明白了。海倫一定是在某些情況下被誘導，寫下那兩封信……這是縮小了範圍。可是究竟是什麼情況？」

「噢，得了，瑞德先生。你並沒有真的用心在想。這非常簡單，真的。」

吉爾斯一臉困擾、不以為然的神色。

「對我來說並不簡單，我可以向你保證。」

「你只要稍微回想一下……」

「走吧，吉爾斯，」昆妲說，「我們來不及了。」

他們留下瑪波小姐在那裡兀自微笑著。

「那個老婦人有時候讓我很困擾，」吉爾斯說，「不知道她到底在搞什麼。」

他們及時抵達甘迺迪醫生家。

醫生親自開門迎接他們。

「我讓我的管家下午外出，」他解釋說，「這樣好像比較好些。」

他帶路走進客廳裡，一托盤的茶點都已準備好擱在那兒，有麵包、牛油、蛋糕等等。

「備好茶點是一步好棋，不是嗎？」他有點不太確定地問昆妲。「可以叫金波太太輕鬆下來等等。」

「一點也沒錯。」昆妲說。

「那麼你們兩位呢？直截了當地介紹你們？這樣會不會引起她的戒心？」

昆妲緩緩地說：「鄉下人非常多疑。我認為還是你單獨接待她的好。」

「我也這樣想。」吉爾斯說。

甘迺迪醫生說：「你們在隔壁房間等著，而我讓這道隔門虛掩著，你們就可以聽到這裡的談話。處在這種情況，我想你們不妨權宜一下。」

「我想這等於是竊聽，但我真的不介意。」昆妲說。

甘迺迪醫生微微一笑說：「我不認為這與任何道德原則有關。我並非建議各人承諾對這件事守口如瓶……雖然如果我被問及時，我樂於這樣做。」

他看了一眼腕錶。

「火車四點三十五分會抵達伍雷路的車站，離現在還有幾分鐘，然後她大概要花五分鐘走路上山。」

他不安地來回走動，臉色憔悴，皺紋浮現。

「我不明白，」他說，「我一點也不明白這到底是怎麼回事。如果海倫沒有離開那棟房子，如果她寫給我的信是偽造的……」昆妲突然開口想說話，但吉爾斯對她搖搖頭、制止了她。醫生繼續說：「如果凱文，可憐的傢伙，並沒有殺死她，那到底發生了什麼事？」

「另外一個人殺死了她。」昆妲說。

「可是我親愛的孩子，如果另外一個人殺死了她，為什麼凱文堅持說是他殺的？」

「因為他以為是他殺的，他發現她躺在床上，他以為是他殺的。這有可能，不是嗎？」

甘迺迪醫生憤憤地摸摸鼻子。

「我怎麼知道？我又不是精神科醫生。震驚？加上原先已有的神經衰弱？是的，我想是有可能。但誰想殺死海倫？」

「我們認為是三個人之中的一個。」昆妲說。

「三個人？什麼三個人？沒有人會想殺掉海倫……除非他們瘋了。她沒有仇人，每個人都喜歡她。」

他走向書桌去，拉開抽屜翻尋著。

他拿出了一張褪色的快照。一個高高的女學生穿著及膝的短運動裙，頭髮往後梳攏，容光煥發。甘迺迪，比較年輕、快樂的甘迺迪，站在她身旁，手裡抱著一隻小狗。

「我最近老是想到她，」他含糊地說，「好幾年來我都沒有想過她了，幾乎已經設法忘掉……如今我又老是想起她。都是你們做的好事。」

他的話聽來像是在譴責他們。

「我認為是她做的好事。」昆妲說。

他突然轉過身來面向她。

「你什麼意思？」

「就是我說的，我無法解釋。不能怪我們，是海倫她自己。」

微弱、哀傷的火車汽笛聲傳入他們耳中。甘迺迪醫生從落地窗走出去，他們跟隨在他身後。一縷黑煙沿著山谷緩緩地飄蕩。

「火車開動。」甘迺迪說。

「進站？」

「不，出站。」他頓了頓。「她馬上就到了。」

但時間似乎靜止不動，莉莉．金波並沒有來。

§

莉莉．金波在第茅斯車站下火車，走過路橋，去搭本地的小火車。旅客很少，頂多六個人。這是旅客稀少的時段，再說這是海爾契斯特趕集的日子。

不久火車開動，煞有其事地沿著曲折的山谷行進。在終點站隆斯貝瑞灣之前有三個站：牛頓蘭福德、馬金賀特（到伍雷營地）和伍雷波頓。

莉莉．金波望向車窗外，眼中看到的不是鄉下的美景，而是一套高級黑橡木家具帶著翠玉色的布套……

她是唯一在馬金賀特小車站下車的人。她繳回票根，走出車站。路前不遠處有個標示牌寫著「往伍雷營地」，指向一條上山的步行小徑。

莉莉．金波踏上小徑，輕快地上山。小徑沿著一片樹林外圍而上，另一邊山坡陡峭，長滿了石南屬植物和金雀花。

一個人從樹叢裡冒出來，莉莉．金波嚇得跳了起來。

「哎唷，你真把我嚇了一大跳，」她叫了起來。「我真沒料到會在這裡遇見你。」

「讓你感到意外，是嗎？我還有另一項意外給你。」

樹林間非常冷清，沒有人聽得到掙扎喊叫聲。事實上根本沒有喊叫聲，而掙扎也是很快便結束。

只有一隻受驚動的斑鳩飛出了樹林……

§

「那女人到底怎麼啦？」甘迺迪煩躁地問道。

時鐘指向四點五十分。

「她會不會從車站出來迷了路？」

「我在信中說得很清楚，再說路也相當好找。出了車站向左轉，然後踏上右邊的第一條路。就像我所說的，只要幾分鐘的路程。」

「也許她改變了主意。」吉爾斯說。

「看來是這樣。」

「或是沒搭上火車。」昆妲提示說。

甘迺迪緩緩地說：「不，我想比較可能是她決定不來了。也許她先生插手。這些鄉下人都很難預料。」

他來回走動著。

然後他走向電話，撥了個號碼。

「喂，車站嗎？我是甘迺迪醫生。我在等一個搭四點三十五分那班車進站的人。一個中年鄉下婦女。有沒有任何人問說來我這裡要怎麼走？或是……你說什麼？」

另外兩人近得足以聽到伍雷波頓車站站員那柔和懶散的聲調。

「我不認為有你要找的人，醫生。四點三十五分那班車沒有陌生人下車。只有草堤的羅拉斯先生、約翰．羅伊斯和班生的女兒。根本沒有其他旅客下車。」

「那麼她是改變了主意，」甘迺迪醫生說，「好吧，你們用茶點吧，水已經放上去燒了，我出去泡茶。」

他帶著茶壺回來，他們坐了下來。

「這只是一時的挫折，」他比原先愉快地說，「我們有她的地址。也許，我們找時間再過去見見她。」

電話鈴響，醫生起身接聽。

「甘迺迪醫生？」

「是的。」

「我是隆福德警察局的拉斯特警官。你是不是在等一個叫莉莉．金波的女人——莉莉．

金波太太。她預定今天下午去找你？」

「是的。什麼事？發生了意外嗎？」

「不完全是你所謂的意外。她死了。我們發現屍體上有你寫的一封信，所以我才打電話找你。你方不方便盡快到隆福德警察局來一趟？」

「我馬上來。」

§

「我們來弄個明白。」拉斯特警官說。

他看看甘迺迪，然後看看陪醫生一道前來的吉爾斯和昆妲。昆妲臉色十分蒼白，雙手緊緊握在一起。

「你們在等這個搭上四點零五分從第茅斯開出的火車的女人？然後四點三十五分抵達伍雷波頓？」

甘迺迪醫生點點頭。

拉斯特警官看著他從女屍上取回的那封信，上面寫得相當清楚。

親愛的金波太太：

我樂於盡我所能提供你意見。你從信頭上註明的地址，就可以知道我已經不住在第茅斯了。如果你搭上三點三十分由古姆貝雷開出的火車，在第茅斯換車，改搭往隆斯貝瑞灣的火車，到伍雷波頓下車，走幾分鐘路就可以到我家。出了車站後向左轉，然後踏上右邊的第一條路。我家就在路的盡頭右側。大門上有我的名字。

詹姆士・甘迺迪謹上

「無疑地，她搭了早一班的火車。」

「早一班的火車？」甘迺迪醫生一臉驚愕。

「她是那樣沒錯。她離開古姆貝雷，搭的不是三點半，而是一點半的火車……趕上兩點零五分從第茅斯開出的火車，然後不是在伍雷波頓下車，而是前一站的馬金賀特。」

「可是這太不可思議了！」

「她是要請教你一些專業上的問題嗎，醫生？」

「不是。我幾年前就已經退休了。」

「我正是這樣想的。你和她熟嗎？」

甘迺迪搖搖頭。

「我將近二十年沒見過她了。」

「可是你……呃，剛剛還認得出她來吧？」

昆妲全身顫抖，然而屍體對醫生來說不足為奇，甘迺迪若有所思地回答：「在那種情況下，很難說我是不是認得出她。她是被勒死的吧，我想？」

「她是被勒死的。屍體是在馬金賀特通往伍雷營地的一條捷徑邊的一處雜樹林裡發現的。一個從營地下來的徒步旅行者大約在三點五十分時發現。我們警方的醫生判定死亡時間在兩點十五分到三點之間。想必是她離開車站後不久便遇害。沒有其他旅客在馬金賀特下車。她是唯一在那裡下車的旅客。」

「為什麼她在馬金賀特下車？是她下錯了站？我不認為是這樣。無論如何，她比跟你約好的時間提早了兩小時，而且不是搭你所建議的火車班次，儘管她身上帶著你給她的信。」

「她到底找你有什麼事，醫生？」

甘迺迪醫生探手進口袋，摸出了莉莉的信。

「我帶來了這封信。裡面所附的剪報是這位瑞德先生和太太登在當地報紙的廣告。」

拉斯特警官看著莉莉．金波的信和所附的剪報。然後抬頭看看甘迺迪醫生，再看看吉爾斯和昆妲。

「能不能把一切原原本本的告訴我？我猜，這得追溯到很久以前吧？」

「十八年。」昆妲說。

事情經過片片斷斷，外帶追加的部分和一些插句，原原本本地呈現出來。拉斯特警官是個好聽眾。他讓他面前的三個人各自以他們的方式說出原委。甘迺迪說來冷淡確實；昆妲有點前後不太連貫，不過富有想像力；吉爾斯所說的，也許是最有價值的。他說來條理清晰、把握重點，比甘迺迪坦白，比昆妲連貫。這一過程花了不少時間。

然後拉斯特警官嘆了口氣，總結地說：「哈里迪太太是甘迺迪醫生的妹妹，你的繼母，瑞德太太。她十八年前從你現在住的那棟房子失蹤。莉莉・金波（她婚前姓氏是亞伯特）是當時那棟房子的傭人（侍女）。為了某種原因，莉莉・金波認為（在這麼多年之後）這件事頗有蹊蹺。當時大家斷定哈里迪太太是跟某個男人跑了（這個男人身分不詳）。哈里迪少校十五年前在一家精神病院去世，死前仍然懷有幻覺，認為他勒死了太太。如果是幻覺……」

他停頓下來。

「這些都是有趣但並不相關的事實。問題的重點似乎是，哈里迪太太是活著或是死了？如果死了，是什麼時候死的？還有莉莉・金波知道些什麼？」

「照這樣看來，她一定知道一些相當重要的事，重要到非殺她滅口不可。」

昆妲叫了起來。

「可是怎麼可能有人知道她就要和我們談她知道的事……除了我們之外？」

拉斯特警官滿腹心思地把眼光移向她。

「重點是，瑞德太太，她搭兩點零五分而不是四點零五分從第茅斯開出的火車。這其中一定有道理在。還有，她在伍雷波頓前一站下車。為什麼？在我看來，可能是她在寫信給醫生之後，又寫信給別人，也許提議在伍雷營地見面。她想，見面之後如果覺得不滿意，就去見甘迺迪醫生問問他的意見。可能她懷疑某個確定的人，可能她寫信給那個人，暗示她所知道的一些事情，同時提議和他會面。」

「勒索。」吉爾斯直率地說。

「我不認為她想那樣，」拉斯特警官說，「她只是貪心，滿懷希望，有點搞不清楚她能從中得到什麼。我們不久就會明白。也許她先生可以告訴我們。」

§

「我警告過她，」金波先生沉重地說，「『不要管它。』我是這樣說的。她瞞住我偷偷去了。自以為她最懂，莉莉就是那樣，太自作聰明了。」

這番詢問顯示金波先生沒什麼好說的。

莉莉在他認識她之前，曾經在聖凱薩琳做事，然後他們一起離開。她喜歡看電影，而且告訴他——顯然不可能——她曾在一家發生過謀殺案的人家做過事。

「不太注意，我不太注意，我以為都是想像出來的。莉莉總是不安於現狀。她告訴我一大堆沒道理的話，什麼主人謀害女主人，也許把屍體藏在地窖裡；還有一個法國女孩望出窗外，看到什麼東西或是什麼人。『你不要聽外國人的，我的女孩，』我說。『他們全都是騙子，不像我們。』她還一直說個不停，我沒聽她的，因為，你們聽我的沒錯，她都是憑空捏造出來的。莉莉喜歡一些犯罪故事。常常看星期日報連載的著名謀殺案小說。她看太多了，如果她喜歡想像她在一棟發生過謀殺案的房子裡做過事，那也沒什麼關係，想像又不會傷害任何人。但當她跟我說要回覆這個廣告時，『你不要管它，』我對她說，『不要自找麻煩。』如果她聽我的話，她今天還會活著。」

他想了一會兒。

「嗄，」他說，「她現在還會好好的活著。太自作聰明了，莉莉就是這樣。」

23 哪一個？

吉爾斯和昆妲沒和拉斯特警官和甘迺迪醫生一起去見金波先生。他們大約七點左右回到家裡。昆妲一臉蒼白。甘迺迪醫生對吉爾斯說過：「給她喝點白蘭地，讓她吃點東西，然後送她上床。她受了驚嚇。」

「太可怕了，吉爾斯，」昆妲一直說，「太可怕了。那個傻女人，和那個凶手約會，祕密地去……去送死，像頭自動送上門的羔羊。」

「好了，不要去想它，親愛的。終究，我們以前就知道有個人……一個凶手。」

「不，我們不知道。我們不知道現在也有一個凶手，我是說，那應該是以前……十八年前，它有點不真實……一切可能都錯了。」

「好了，這證明它並非錯誤。你一直都是對的，昆妲。」

吉爾斯很高興發現瑪波小姐人在坡園。她和古荷太太兩人哄著昆妲，昆妲拒絕喝白蘭地，因為那總是令她想起暈船的滋味，不過她接受了一點熱威士忌加檸檬，然後古荷太太哄著她坐下來吃了一個煎蛋捲。

吉爾斯堅持談些別的事，但瑪波小姐以溫和的態度、淡淡的口吻談論那件罪案，吉爾斯承認這是高明的策略。

「非常可怕，親愛的，」她說，「而且當然是一大震驚，不過倒是有趣，這一點我們必須承認。我這麼老了，死亡對我來說不像對你那樣叫人震驚。只有像癌症那樣長期綿延不斷的痛苦才能叫我苦惱。真正重大的事是，這件事證明了海倫．哈里迪確確實實是被人殺害了。我們一直都這麼想，如今我們知道這是事實。」

「而且根據你的看法，我們應該找出屍體在什麼地方，」吉爾斯說，「在地窖裡，我想是。」

「不，不是，瑞德先生。你記得艾迪絲．巴吉特說過的，她第二天早上去過那裡，因為莉莉所說的話困擾著她，而她沒有發現任何跡象。如果有心找的話，應該會有跡象。」

「那麼屍體到底怎麼啦？裝上車子，載到山崖邊丟進海裡去了？」

「不。想想看，親愛的小倆口，當你們到這裡來時，最先叫你們吃驚的是什麼……我應該說，最讓你吃驚的，昆妲，是從客廳的窗口望出去看不到海。你覺得應該有道台階通往草坪才恰當，但那裡反而種了矮樹叢。後來你發現，那道台階原本就在那裡，不過在某一時候被移到庭院露台的盡頭。為什麼要移動？」

昆妲凝視著她，茅塞頓開。

「你是說，那裡就是……」

「移動台階一定有其理由，而看來這個理由並不怎麼合理。坦白說，把台階移到那裡去讓它通往草坪是個笨選擇。不過庭院露台的盡頭是個非常安靜的地方，從屋子裡只有一扇窗子可以看到那裡……就是嬰兒房的那扇窗子，在樓上。你們還不明白嗎，如果你想埋掉屍體，一定要動到土，那麼就必須找個動土的理由來掩飾。這個理由便是，決定要把台階從客廳前面移到露台盡頭。我已經從甘迺迪醫生那裡得知，海倫．哈里迪和她先生都非常喜歡花園，而且常在花園裡工作。他們雇用的園丁常常只是聽從吩咐行事，如果他來的時候發現這項改變，發現有些石板已經被移過去了，那麼他只會想到是他不在時，哈里迪夫婦自己動手移動的。當然，屍體可能被埋葬在任一地方，不過我們可以相當確定，它實際上是埋在露台的盡頭，而不是客廳的落地窗前。」

「為什麼我們可以確定？」昆妲問。

「因為可憐的莉莉．金波在她信中說的話，說她改變了屍體埋在地窖裡的看法，是因為賴安妮望出窗外時所看到的景象。這已一目了然，不是嗎？那瑞士女孩有天晚上從嬰兒房的窗子望出去，看到有人在挖墳墓。也許她親眼看到了在挖的那個人是誰。」

「卻沒有報警？」

「親愛的，那時並沒有發生命案的問題存在。哈里迪太太和情人跑了……賴安妮完全相信這個說法。再說，她能說的英語有限。她是跟莉莉提過，也許不是當時，而是稍後，提過她那天晚上從窗子看到的怪事，這使得莉莉更深信是發生了命案。不過我相信艾迪絲．巴吉特說她是一派胡言，止住了她的嘴。那瑞士女孩會採納她的看法，當然更不想和警方有任何瓜葛。外國人總是對警方特別敏感……當他們不是在自己的國家裡時。所以她回瑞士去，很可能不再想起這件事。」

吉爾斯說：「如果她現在還活著，如果能查問到她……」

瑪波小姐點點頭。

「也許。」

吉爾斯問：「我們怎麼進行？」

瑪波小姐說：「這件事警方能做的比你多。」

「拉斯特警官明天上午會過來這裡。」

「到時候我想我該告訴他台階的事。」

「還有我在門廳裡看到……或是認為我看到的？」昆妲緊張地問。

「是的，親愛的。你很聰明，一直沒對其他人說過，非常聰明。不過我認為時機已經成熟。」

吉爾斯緩緩地說：「她在門廳裡被勒死，然後凶手把她的屍體帶上樓，放在床上。凱文．哈里迪進來，喝了下過藥的威士忌，昏迷過去，輪到他被移到樓上臥室裡。他醒轉過來時，看到屍體，以為他殺死了她。那時凶手一定在附近監視。凱文去找甘迺迪時，凶手把屍體移走，也許藏在露台盡頭的矮樹叢裡。等到大家都上床而且想必已入睡之後，他才開始挖掘墳墓掩埋屍體。這表示他一定整個晚上都在房子附近？」

瑪波小姐點點頭。

「他勢必得在現場。我記得你說過，這是重點所在。我們得看看我們的三個涉嫌人當中，誰最符合。我們先從厄斯金說起。他確實人在現場。他自己承認他在大約九點時和海倫．甘迺迪一起從沙灘走回這裡。他和她道別分手。可是他真的和她道別了嗎？我們姑且說他沒這樣做，相反地，他勒死了她。」

「可是他們之間已經全部了結了，」昆妲叫了起來。「早在他們再度見面很久以前。他自己說，他幾乎沒有單獨和海倫在一起過。」

「可是，昆妲，難道你不明白我們現在應該採取的立場嗎？我們不能採信任何人自己所說的話。」

「我很高興聽你這麼說，」瑪波小姐說，「因為我一直有點擔心，你知道，你們倆好像無條件接受別人告訴你們的都是事實。我恐怕得說，我的天性很不輕易相信別人，尤其是牽涉到謀殺案的事。我更為自己立下一條規則，那就是不相信別人告訴我的是實話，除非我自己查證過。舉個例子來說，莉莉．金波提過被帶走的那箱衣物，不是海倫．哈里迪會帶的衣物，這件事看來似乎相當確定，因為不只是艾迪絲．巴吉特說莉莉這樣對她說過，而且莉莉本人在寫給甘迺迪醫生的信中也提過。因此這是一項事實。甘迺迪醫生告訴我們，凱文．哈里迪認為他太太暗中對他下毒，而凱文．哈里迪在他的手記中證實了這一點……因此這又是另一項事實，而且是非常奇怪的事實，你們不覺得嗎？然而，我們現在不詳細追究這一點。

「不過我想指出一點，那就是你們的很多推測，都是依據別人所說的一些……可能讓你們聽來非常合理的說詞。」

吉爾斯緊緊盯住她看。

昆妲恢復了血色，啜飲著咖啡，傾身靠在桌上。

吉爾斯說：「現在讓我們來查證一下那三個人所告訴我們的事。先從厄斯金開始。他說……」

「你對他有偏見，」昆妲說，「談他只是徒然浪費時間，因為如今他確實已可排除在外。他不可能殺死莉莉．金波。」

吉爾斯不受干擾地繼續下去。

「他說他在前往印度的船上認識海倫，他們彼此相愛，但是他無法離開他的妻子兒女，他們彼此同意分手。假設事實並非如此。假設他愛海倫愛得入骨，假設她不願意跟他離家出走，假設他威脅她說，如果她嫁給別人他就殺掉她。」

「非常不可能。」昆妲說。

「這一類的事情是會發生的呀。記得你偷聽到他太太對他所說的話吧？你認為是嫉妒，可是它或許是事實。也許她受不了他拈花惹草……他可能有點變態。」

「我不相信。」

「你是不相信，因為他對女人有吸引力。我個人倒認為厄斯金有點奇怪。這暫且略過不談，讓我繼續推論對他不利的地方。海倫解除了她和范尼的婚約，回家嫁給你父親，在這裡安頓下來。然後，厄斯金突然出現，假裝和太太來這裡避暑度假。這是件奇怪的事，真的。他承認他來這裡是為了再見海倫一面。現在我們姑且先假設，厄斯金是莉莉偷聽到海倫說她怕他時和她在客廳裡的男人。『我怕了你，我很久以來怕了你，你瘋了。』

「而且，因為她害怕，她計畫搬到諾福克去住，但是她對這件事非常保密，沒有任何人知道。也就是說，直到厄斯金離開第茅斯，沒有任何人知道。現在我們談到關鍵的那個晚上。哈里迪夫婦那天晚上稍早的行動我們不知道……」

瑪波小姐輕咳一聲。

「事實上，我又去見過艾迪絲．巴吉特。她記得那天晚飯吃得早——七點鐘，因為哈里迪少校要出去參加會議——關於高爾夫球俱樂部，她想，或是什麼教區會議。哈里迪太太晚飯後也出去了。」

「沒錯。海倫去見厄斯金，事先約好的，也許，在沙灘上。他隔天就要走了，也許他拒絕離去。他催促海倫和他一起走。她回來這裡，而他和她一起回來。最後，在情急失去理智的情況下他勒死了她。接下來的經過就如同我們已經說過也都同意的。他有點瘋狂，他想要凱文．哈里迪相信是他殺死了她。後來，厄斯金埋掉了屍體。記得他告訴昆妲說，他很晚才回飯店，因為他在第茅斯散步。」

「真不知道，」瑪波小姐說，「那時他太太在幹些什麼？」

「也許嫉妒得發狂，」昆妲說，「在他回去之後和他吵個沒完沒了。」

「這就是我所想的，」吉爾斯說，「而且有可能是這樣。」

「但他不可能殺死莉莉．金波，」昆妲說，「因為他住在諾森伯蘭。所以考慮他是白費時間。我們談華爾特．范尼吧。」

「好。華爾特．范尼是壓抑型的人物。他看來溫文，脾氣好。不過瑪波小姐已經給了我們一項有價值的證詞。華爾特．范尼曾經氣得差點打死他哥哥。沒錯，他當時還只是個小孩子，但是這仍然很嚇人，因為他一直是溫文體貼。不管怎樣，華爾特．范尼愛上了海倫．哈里迪。不只是愛，而且愛得瘋狂。她不接納他，害他跑到印度去。後來她寫信給他說她要去嫁給他。她啟程，然後第二次打擊來到。她抵達之後馬上又遺棄了他。她『在船上邂逅了某個人』。她回到家裡，嫁給了凱文．哈里迪。可能華爾特．范尼以為凱文．哈里迪是她拋棄他的原因。他怒火中燒，因妒生恨，回到家來。他表現得非常體諒、友善，常常來這屋子裡，變得像是一隻溫馴的小貓、忠實的朋友。但也許海倫了解事實上並非如此。她多少看出了他真正的用意。也許，很久以前她就感覺到文靜的華爾特．范尼有令人感到不安之處。她對他說：『我很久以來就怕了你。』她暗地裡計畫要離開第茅斯，住到諾福克去。為什麼？

因為她怕華爾特．范尼。

「現在，我們再來談那個關鍵性的夜晚。這一點，我們沒有什麼把握。我們不知道華爾特．范尼那天晚上做了什麼，而且我不覺得能查出來。不過他符合瑪波小姐所說的要件……『在現場』。因為他住的地方走路到這裡只要兩三分鐘。他可能藉口說他頭痛要早點上床，或說有事情要辦，把自己關在書房裡什麼的。然後他做了我們認為凶手所做的後續行動，而且我認為他是三人當中最可能裝錯衣服的人。他對女人的穿著不太清楚，才會犯錯。」

「奇怪，」昆妲說，「那天在他辦公室時，我有種奇怪的感覺，覺得他像是一棟百葉窗都拉下來的房子。我甚至有個奇妙的想法……房子裡有個死人。」

她看著瑪波小姐。

「在你看來這個想法很傻吧？」她問。

「不，親愛的，我想也許你的想法對。」

「現在，」昆妲說，「輪到亞傅列了。亞傅列遊覽公司。精明過人的傑克．亞傅列。第一件對他不利的是，甘迺迪醫生相信他患了初期的迫害妄想症，也就是說，他一向不太正常。他告訴我們他和海倫之間的事……但我們現在可以了解那只是一派胡言。他不光認為她是個討人喜歡的女孩而已，他深深愛著她，愛得瘋狂。可是她不愛他，她只是尋個開心而已。她是個男人狂，如同瑪波小姐所說的。」

「不，親愛的，我沒這樣說，沒這種事。」

「好吧，如果你比較喜歡『女色情狂』這個用語，那就改說是『女色情狂』吧。無論如何，她跟傑克·亞傅列有過一手，然後想擺脫他。他不想分手，她哥哥替她擺平，但是傑克·亞傅列牢記在心，永不忘懷、永不原諒。他失去了工作……據他所說是被華爾特·范尼陷害的。這顯露出明顯的迫害妄想症跡象。」

「是的，」吉爾斯同意。「不過換個角度來說，如果這是真的，這又是對范尼不利的另外一點，相當有價值的一點。」

昆妲繼續說：「海倫出國，而他離開了第茅斯。但他從未忘記她，在她回到第茅斯、結了婚之後，他過來拜訪她。他起先說他來過一次，可是後來他承認不只來一次。還有，噢，吉爾斯，難道你不記得了？艾迪絲·巴吉特說過『那位坐在一輛拉風車子裡的神祕男人』。你看看，他來的次數夠多了，才會引起傭人說閒話。但是海倫不請他吃飯，不讓他見到凱文。也許她怕他，也許……」

吉爾斯打斷她的話。

「這可能有兩種解釋。假設海倫愛上了他……他是她第一個愛上的男人，假設她還一直愛著他。也許他們之間有不可告人的戀情，而她沒有讓任何人知道。可是也許他要她和他一起私奔，而她已對他感到厭倦，不跟他走，因此……他殺死了她，把屍體處理掉等等。莉莉在給甘迺迪醫生的信中說，那天晚上有輛拉風的車子停在外面。那是傑克·亞傅列的車子。傑克·亞傅列也『在現場』。

「這是個推測，」吉爾斯說，「不過在我看來是個合理的推測。還有，海倫的信得澄清一下。我絞盡腦汁設想『情況』，如同瑪波小姐所說的，她可能被誘導寫下那兩封信。在我看來，要解釋那兩封信，我們必得承認她真的有情夫，而且她打算和他私奔。我們再以這一點來試試我們那三個可能人選。先從厄斯金開始。姑且先說他仍舊不準備離開他太太或破壞他的家庭，但是海倫已經同意離開凱文．哈里迪，到某個可以和厄斯金經常見面的地方。為了消除厄斯金太太的疑心，海倫寫了兩封信，陸續適時寄到她哥哥那裡，好讓人以為她已經和某人出國去了。這跟她對那個男人是誰保持得那麼神祕非常符合。」

「可是如果她願意為了他離開丈夫，那為什麼他要殺她？」昆妲問。

「也許是因為她突然改變主意。考慮的結果她認為終究還是喜歡先生。他聽了，一時情急勒死了她。然後他帶走那箱衣服，同時將那兩封信派上用場。這是個掩飾一切的好解釋。

「對華爾特．范尼來說也一樣。我想那件醜聞對一個鄉下律師來說是一大災厄。海倫可能同意到附近某個范尼可以常去見她的地方，只是假裝她已經跟別人出國去了。信都準備好了，後來，如同你所說的，她改變了主意。華爾特失去理智，殺死了她。」

「那傑克．亞傅列呢？」

「對他來說，要找個合理的理由解釋那兩封信比較困難。我不認為那種醜聞會影響到他。也許海倫所怕的人，不是他，而是我父親，所以決定還是假裝她已經出國的好。也許亞傅列的太太當時還控制住經濟大權，而他需要她那些錢來投資事業。噢，是的，多得是解釋那兩封信的理由。」

「你想是哪個呢，瑪波小姐？」昆妲問道，「我真的不認為是華爾特．范尼，但……」

古荷太太剛好進來收拾咖啡杯。

「對了，太太，」她說，「我差點忘了。有個可憐的女人被謀害，而你和瑞德先生牽扯到裡面，這對你來說是不好的，太太，尤其是現在。范尼先生今天下午來過，要找你。他等了將近半個鐘頭，好像認為你在等他來。」

「真是奇怪，」昆妲說，「幾點的事？」

「大概是四點或四點剛過的時候。他走了之後，又有另外一位男士開著一輛漂亮的黃色大車來。他肯定說你在等他，不相信你不在，等了二十分鐘。我不知道是不是你請他們來喝茶，結果忘了。」

「沒有，」昆妲說，「真是奇怪了。」

「我們打電話給范尼，」吉爾斯說，「他現在應該還沒上床。」

他立即採取行動。

「喂，是范尼先生嗎？我是吉爾斯．瑞德。我聽說你今天下午過來找我們……什麼，沒有？沒有，我確定……沒有，真是非常奇怪。是的，我也想不通。」

他擱下話筒。

「奇怪的事。今天早上有人打電話到他辦公室，留話說要他今天下午過來找我們，說有很重要的事。」

吉爾斯和昆妲面面相覷。然後昆妲說：「打電話給亞傳列。」

吉爾斯再度走向電話，查出電話號碼，撥起電話。響了一陣子，不過稍後就接通了。

「亞傳列先生？我是吉爾斯・瑞德，我……」

顯然他被對方打斷了，一陣嘰哩咕嚕流傳過來。

最後終於有他說話的份。

「可是我們並沒有……沒有，我向你保證，沒這回事……是的，是的，是的……我知道你是個大忙人，我不會想……是的，可是聽我說，是誰打電話給你……一個男人？沒有，我告訴過你不是我，不是……不是，我明白。這……我同意，是相當奇怪。」

他放下話筒，走回座位。

「是這樣，」他說，「有個人，自稱是我，打電話給亞傳列，要他到這裡來。說有緊急的事，有關一大筆錢的事。」

他們相互對視。

「可能是他們當中一個，」昆妲說，「你不明白嗎，吉爾斯？他們當中一個可能殺了莉莉，然後到這裡來取得不在場證明。」

「算不上是不在場證明，親愛的。」瑪波小姐說。

「我的意思不完全是不在場證明，不過都是他們離開辦公室的藉口。我的意思是，他們有一個說的是實話，一個說的是假話。他們其中一個打電話給另一個，要他來這裡，好讓嫌疑落在另一個人身上，但我們不知道是哪一個。現在問題很清楚，是他們兩者之一，范尼或是亞傅列。我說是……傑克．亞傅列。」

「我認為是華爾特．范尼。」吉爾斯說。

他們都看著瑪波小姐。

她搖搖頭。

「還有另一個可能。」她說。

「當然，厄斯金。」

吉爾斯快步走向電話。

「你要幹什麼？」昆妲問。

「打長途電話到諾森伯蘭去。」

「噢，吉爾斯，你不會真的以為……」

「我們得弄個明白。如果他在，他今天下午就不可能殺死莉莉．金波。他沒有私人飛機這種可笑的東西。」

他們靜靜等著長途台接通電話。

吉爾斯拿起話筒。

「你掛了個電話找厄斯金少校，請說話，厄斯金少校在等著。」

吉爾斯緊張地清清喉嚨說：「呃……厄斯金先生？我是吉爾斯・瑞德……瑞德，是的。」

他突然苦惱地看了昆妲一眼，意思很明白。「現在我該說些什麼才好？」

昆妲站了起來，接過話筒。

「厄斯金少校嗎？我是瑞德太太。我們聽說……聽說有一棟房子。林斯柯特・布列克。是……是……你知不知道這棟房子？我相信是在你家附近。」

厄斯金的聲音說：

「林斯柯特・布列克？不，我沒聽說過。是在哪一個郵遞區域？」

「印得非常模糊，」昆妲說，「你知道，那些仲介發出來的廣告印刷很差。但上面說，離岱斯十五哩路，所以我們以為……」

「抱歉，我沒聽說過。誰住在那裡？」

「噢，上面空著沒寫。不過沒關係，事實上我們已經……我們已經談妥了一棟房子。很抱歉打擾了你，我想你一定很忙。」

「不，一點也不忙，只是忙些家務事。我太太不在家，而我們的廚子又回去看她媽媽，所以我自己處理家事。我也比較喜歡園藝工作而不是做家事。我恐怕在這方面不太行。園藝工作我就拿手多了。」

「噢，不是，她被她妹妹叫去了，明天就回來了。我希望你太太不是生病了吧？」

「好了，晚安，真抱歉打擾了你。」

她放下話筒。

「厄斯金沒有嫌疑，」她得意地說，「他太太不在家，他在忙著家事。因此目標只剩下另外兩個人。不是嗎，瑪波小姐？」

瑪波小姐表情凝重。

「親愛的，」她說，「我認為你們對這件事想得還不夠深入。唉，我真的非常擔心。要是我確切知道該怎麼辦就好了……」

24 猴爪

昆妲雙手托住下巴，雙肘撐在桌上，兩眼漫無目的地掃射著匆匆用過的午餐殘餚。現在她應該開始動手清理，把它們收拾到洗滌槽去清洗乾淨，然後看看晚餐要吃些什麼。

不過不急。她感到需要時間消化一下。一切都發生得太快了。

上午的事，回想起來，似乎混亂而不可置信。一切都發生得太快、太不可思議了。

拉斯特警官很早就出現，九點半時。和他一起來的還有總署的普萊姆警官及警政署長。署長沒有停留多久便走了。現在負責調查莉莉·金波命案和一切枝節案情的是普萊姆警官。

普萊姆警官，一個態度溫和、聲音柔和羞怯的大男人，問及如果他的手下到花園裡去挖掘一下會不會造成不便。

從他的口氣聽來，好像這是為了讓他的手下活動活動筋骨，而不是去找一具埋葬了十八年之久的屍骸。

是吉爾斯接話，他說：「我想，也許我們可以做一兩個提示。」

他告訴警官通往草坪的那道台階移動過的事，並帶領警官到庭院露台去。

警官在屋角仰望樓上裝了鐵條的窗子說：「我想那一定是嬰兒房。」

吉爾斯回說是的。

然後警官和吉爾斯回到屋子裡，兩個男人帶著圓鍬出去到花園裡，而吉爾斯在警官發問之前搶先說：「警官，我想你最好先聽聽我太太的一些經歷。到目前為止，除了我和……呃，另外一個人，她沒有再對任何人提過。」

普萊姆警官溫順而有點強制性的眼光落在昆妲身上。他的眼光有點懷疑。昆妲心想，他正在自問：「這個女人可不可靠？她是不是那種憑空想像的女人？」

她深有此感，因此她採取自衛的態勢說：「我可能是憑空想像的，也許真的如此。不過看來好像非常真實。」

普萊姆柔聲撫慰說：「瑞德太太，說來聽聽吧。」

昆妲說給他聽。這棟房子在她第一眼看到時感到如何熟悉；後來她如何知道她幼時住過這裡；她如何記得嬰兒房的壁紙式樣、飯廳和客廳之間的隔門，以及她感覺應該有道台階通往草坪等等。

普萊姆警官點點頭。他並沒說昆妲的兒時記憶不重要，不過昆妲懷疑他正是這樣想。

然後她緊張地說出最後的重點……她如何在一家戲院裡想起自己在坡園的樓梯欄杆往下

望，看到一具女屍躺在門廳裡。

「臉色發青，被勒死的，金黃色頭髮……是海倫。不過這很荒謬，我那時根本不知道海倫是誰。」

「我們認為……」

吉爾斯開口說，但普萊姆伸手制止他，那出乎意料地具有權威性。

「請讓瑞德太太自己告訴我。」

昆妲吞吞吐吐地繼續說下去，她的臉色緋紅，普萊姆警官溫和地幫助她說出來，用的是一種昆妲不了解的高超技巧。

「衛伯斯特？」他若有所思地說，「嗯，《馬爾菲女爵》。猴爪？」

「可是那也許是場噩夢。」吉爾斯說。

「請不要插嘴，瑞德先生。」

「一切都可能只是場噩夢。」昆妲說。

「不，我不認為，」普萊姆警官說，「除非我們斷定是有一個女人在這屋子裡遇害，否則很難解釋莉莉．金波之死。」

這似乎很合理，而且很叫人欣慰，因此昆妲急急地繼續說下去。

「謀害她的不是我父親，真的不是。甚至潘若斯醫生也說他不是那種類型的人，而且說他不可能謀殺任何人。甘迺迪醫生相當確信不是他殺的，只是他自認為是。所以你知道，是某個人想要讓人家以為是我父親殺的，而我們認為我們知道他是誰，至少知道是兩個人之一……」

「昆妲，」吉爾斯說，「我們不能真的……」

「我不知道，瑞德先生，」警官說，「你能不能到花園去看看我的手下進展得如何。告訴他們，是我叫你去的。」

吉爾斯走後，他把法式落地窗關起來，上了閂，然後走回昆妲那裡。

「現在把你的所有想法都告訴我，瑞德太太。不要管是不是前後連貫。」

昆妲說出了她和吉爾斯的想法和推理，他們去調查與海倫．哈里迪有瓜葛的三個男人的步驟，他們最後得到的結論，以及華爾特．范尼和J．J．亞傅列如何接到自稱吉爾斯的人所打的電話，第二天下午紛紛被召到坡園來。

「可是你應該知道，警官先生，他們兩個有一個可能說謊？」

警官以溫和而有點懶洋洋的聲音說：「這是我在工作上的最大困難。可能說謊的人太多了。而且很多人是真的說謊……儘管不總是為了你所想的理由。有些人甚至不知道他們自己在說謊。」

「你認為我像他們一樣嗎？」昆妲會意地問。

警官微笑著說：「我認為你是非常可靠的見證人，瑞德太太。」

「而且你認為，對於是誰謀殺了她，我說的沒有錯？」

警官嘆了一口氣說：「這不是認不認為的問題，在我們來說不是。這是查證的問題。查證每個人各在什麼地方，每個人對各自的行蹤交代如何。我們對莉莉．金波遇害的時間調查得夠精確，誤差只有十分鐘左右，介於兩點二十分和兩點四十五分之間。任何人都可能殺了她，然後來到這裡。我個人看不出那幾通電話有什麼道理。那又不能提供那些人的不在場證明。」

「可是你會查出他們那段時間都在做些什麼，不是嗎？在兩點二十分到兩點四十五分之間。你會問他們的。」

普萊姆警官微微一笑。

「我們會問一切必要的問題，瑞德太太，你可以放心。會在適當的時機問。匆促行事沒有什麼好處。必須先看清楚方向再說。」

昆妲突然意會到所謂耐心及默默的耕耘。不慌不忙、遇事冷靜……

她說：「我明白……是的。因為你是職業警探，而吉爾斯和我只是業餘生手。我們可能碰上好運氣，但我們並不真正懂得如何追蹤下去。」

「可以這麼說，瑞德太太。」

警官再度微微一笑。他站了起來，打開法式落地窗。然後，就在他要跨步出去之時，他停了下來。昆妲心想，有點像是一隻站著指示獵物所在的狗。

「對不起，瑞德太太。那位女士不會是珍．瑪波小姐吧？」

昆妲已經走到他旁邊。瑪波小姐正在花園盡頭進行她和野生旋花植物之間那場打不贏的戰爭。

「是的，那是瑪波小姐。她人很好，幫忙我們整理花園。」

「瑪波小姐，」警官說，「我明白了。」

當昆妲以探詢的目光看著他說「她相當可愛」時，他回答：「瑪波小姐是一位非常有名的女士，她至少可以左右三個郡的警察署長，我的署長還不包括在內，不過我敢說快了。原來這件事瑪波小姐也插上了一腳。」

「她給了我們很多好建議。」昆妲說。

「我想一定是。」警官說，「到什麼地方去找哈里迪太太的屍體，是不是她提示的？」

「她說吉爾斯和我應該相當清楚該到什麼地方去找，」昆妲說，「我們以前沒想到，實在有點笨。」

警官柔聲笑了笑，然後走下去站在瑪波小姐身旁。他說：「我想沒有人介紹我們兩人認識，瑪波小姐。不過，有一次馬若斯上校曾經指出你來給我看。」

瑪波小姐站了起來，臉色飛紅，抓著一把糾纏的綠葉。

「哦，是的，親愛的梅崎上校。他一向非常好心。自從……」

「自從一位教會委員在牧師家書房被射殺那件案子以來。相當久了。不過後來你又成功破了幾個案子。包括嶺石塔那件黑函造謠的棘手案子。」

「你好像知道我很多，警官……」

「我叫普萊姆。我想，你一直在這裡忙著。」

「哦，我在努力整理這座花園。太荒涼了，叫人看了傷心。比如說，這野生旋花植物，真是難纏。」瑪波小姐非常急切地看著警官說：「它們的根扎得很深、很深，在土底糾纏蔓延。」

「我想你說得對，」警官說，「是很深。可以追溯到很久以前……我是說這件謀殺案，十八年前。」

「也許更久以前，」瑪波小姐說，「在地下蔓延，而且為害甚深，警官先生，掠奪了美麗花朵的生命……」

一個警員沿著小徑走過來。他淌著汗，前額沾著一抹泥土。

「我們已經挖到了……某種東西，長官。看來是她沒錯。」

夢魘般的一天就是從這時開始的，昆妲回想。

吉爾斯走進房子，臉色有點蒼白，說：「是……她是在那裡沒錯，昆妲。」

後來一位警員打了通電話，然後警方的醫生——一個矮小、浮躁的人——來到。

然後古荷太太——冷靜、不易受外界干擾的古荷太太——到花園裡去；不是好奇，而是為了去採些午餐要用的青菜。前一天聽到發生謀殺就已感到震驚、外加擔心可能對昆妲造成影響的古荷太太（因為古荷太太知道樓上的嬰兒房幾個月後就將派上用場），正好一頭撞見那令人毛骨悚然的發現物，瞬時嚇得不成人樣。

「太可怕了，太太，我最怕看到死人骨頭了……不是做標本的骷髏，而是就在花園裡，完完整整剛出土的……我的心臟跳得好厲害，心悸……我幾乎不能呼吸了。我大膽要求一下，能不能給我一點點白蘭地喝……」

昆妲看到古荷太太喘不過氣來，臉色死白，心知情況不妙，趕緊跑到酒櫃去，倒了一些白蘭地，帶過來給古荷太太喝。

古荷太太說：「我正需要這個，太太……」

突然之間，她說不出話來了，樣子非常嚇人，昆妲尖聲大叫吉爾斯快來，吉爾斯喊叫警方派來的醫生。

「幸好我在這裡，」後來醫生說，「真是千鈞一髮。如果沒有醫生在場，那個女人早就沒命了。」

後來普萊姆警官拿出那個裝白蘭地的玻璃瓶，和醫生圍在一起研究。普萊姆警官問昆妲，她和吉爾斯最後喝那瓶白蘭地是什麼時候。

昆妲說，她想是有幾天沒喝了。他們出了趟遠門……到北部去，最近幾次喝過的酒都是琴酒。

「不過我昨天幾乎喝了白蘭地，」昆妲說，「但那會令我想起暈船的滋味，所以吉爾斯開了一瓶威士忌。」

「你可真幸運，瑞德太太。如果你昨天喝了白蘭地，我懷疑你今天是不是還活著。」

「吉爾斯也差點喝了……不過後來他跟我一樣喝威士忌。」

昆妲顫抖起來。

甚至到了現在，單獨一個人在屋子裡……吉爾斯在匆匆吃過罐頭食品的午餐之後，和警方人員一起走了（古荷太太被送進醫院，他們午餐只好簡便）……她還是無法相信上午發生的騷亂。

有件事很清楚：昨天傑克．亞傅列和華爾特．范尼來過這屋子。他們有人可能在白蘭地中動手腳，還有那幾通電話有什麼目的？可能是提供他們在白蘭地中下毒的機會。昆妲和吉爾斯知道太多事了。或是有第三者從外頭進來——也許是從飯廳開著的那扇窗子——就在她和吉爾斯坐在甘迺迪醫生家裡等著莉莉．金波來赴約時？是不是有第三者故意打了那幾通電話，好讓嫌疑落在另外兩個人身上？

但不可能有第三者啊，昆妲心想。因為那個第三者只需打電話給其中一個人即可。那位第三者需要一個替死鬼，不是兩個。這第三者可能是誰？厄斯金遠在諾森伯蘭。不，一定是華爾特．范尼或亞傅列打電話給對方，然後假裝自己也接到同樣的電話。一定是他們兩人之一，比她和吉爾斯更聰明、更有辦法的警方人員會查出是他們之中哪一個；同時這兩個人都會受到監視。他們不可能再……輕舉妄動。

昆妲再度顫抖起來。要適應某人想要殺掉你的事實需要一點時間。「危險。」瑪波小姐很久以前說過。但是她和吉爾斯並沒有認真考慮過危險性。甚至在莉莉．金波遇害之後，她也還沒想到有人會想殺掉她和吉爾斯。就因為她和吉爾斯快找到十八年前發生的事情真相，拚命追查當時發生的情形，還有，是誰幹的……

華爾特．范尼和傑克．亞傅列。

哪一個？

昆妲閉起眼睛，重新考慮他們。

文靜的華爾特．范尼坐在辦公室裡，一隻蒼白的蜘蛛在牠織成的網中央。那麼平靜，那麼斯文。一棟百葉窗都拉下的房子。有人在房子裡死了。一個十八年前死去的人……但是仍在那裡。如今看來，斯文的華爾特．范尼是十足的邪惡。曾經拚命攻擊他哥哥的華爾特．范尼。海倫曾經嗤之以鼻拒絕下嫁的華爾特．范尼，一次在這裡，一次在印度。雙重的挫折，雙重的恥辱。華爾特．范尼那麼文靜，那麼穩重，也許他只能用突發的暴行來表現自己……也許就像麗姬．包登那樣……

昆妲張開眼睛。她已經相信那個人是華爾特．范尼不是嗎？

或許，也該把亞傅列列入考慮。睜開眼睛考慮，不是閉起眼睛。

他那大花格西裝，那跋扈的態度（正好與華爾特．范尼相反），亞傅列毫不壓抑、斯文。不過，也許他是故意裝出這種態度以掩飾內心的「自卑情結」。專家說，這一套很管用。如果你對自己沒信心，你得裝腔作勢，鋒芒畢露，大出鋒頭。他遭到海倫的拒絕，是因為他配不上她。他記恨在心，與日俱增，永難釋懷。他決心出人頭地。每個人都與他敵對，被仇人設計陷害丟了差事。當然這顯示亞傅列不正常。那樣的人從殺人當中可以得到多麼大的權威感。他那善意、愉快的臉，實際上是一張殘酷的臉。他是個殘酷的人。而他那瘦削蒼白的太太知道這一點，而且害怕他。莉莉．金波威脅到他，結果莉莉．金波死了；昆妲和吉爾斯干涉到他，那麼昆妲和吉爾斯也得死，而且他要拉華爾特．范尼下水，因為他很久以前炒了他魷魚。一切都非常吻合。

昆妲搖搖頭，從妄想中醒轉過來，回到現實中。吉爾斯就快回家了，他會想喝茶。她得清理一下。

她拿來一個托盤，把東西都收拾到廚房去。廚房裡的東西無不整潔井然。古荷太太真是能幹，讓她感到如獲至寶。

洗滌槽旁擱著一雙外科手術用的橡皮手套。古荷太太一向都戴手套清洗東西。那是她在醫院工作的侄女幫她買的，可以打折。

昆妲戴上那雙手套，開始洗盤子，以免傷了玉手。

她洗好盤子，把它們放在擱架上，然後清洗、擦乾其他用具，把一切收拾乾淨妥當。然後，在神志仍然恍惚的情況下，她上樓去。她想，她可以順便洗洗襪子和一兩件工作服。她的手上仍然戴著手套。

她腦子裡想著的是這些事情，但是在腦海深處，有某些事情仍縈繞未去。

華爾特・范尼或是傑克・亞傳列，她想，他們其中之一。而且她有對他們相當不利的理由。也許，這是真正令她擔憂的地方，因為嚴格來說，如果只是對他們當中一個不利，那還比較令人安心。如今，非得弄清楚到底是他們之中哪一個不可。然而昆妲沒有把握。

如果還有另外一個就好了……但不可能還有其他人。因為理查・厄斯金沒有嫌疑。莉莉・金波遇害以及白蘭地被動手腳時，理查・厄斯金都遠在諾森伯蘭。是的，理查・厄斯金沒有嫌疑。

這一點讓她高興，因為她喜歡理查・厄斯金。理查・厄斯金是頗有魅力，非常吸引人。他娶到那個眼色多疑、聲音低沉的女妖怪，實在很叫人替他惋惜。她的聲音就像男人……

像男人一樣的聲音……

這個念頭閃現她的腦際，令她感到莫名的疑懼。

男人的聲音……那天晚上和吉爾斯講電話的會不會是厄斯金太太，而不是她先生？

不，不，當然不是。不，一定不是。她和吉爾斯應該聽得出來。再說，厄斯金太太不可能事先知道誰要打電話過去。不，那天接電話的是厄斯金，而他太太，如同他所說的，不在家。

他太太不在家……

一定是的……不，那不可能……會不會是厄斯金太太？厄斯金太太，因嫉妒而瘋狂？莉莉・金波寫信給厄斯金太太？那天晚上賴安妮望出窗外看到的是個女人？

樓下門廳突然傳來一個聲響，有人從前門進來。

昆妲走出浴室，來到樓梯口，從扶手欄杆上望下去。她看到的是甘迺迪醫生，鬆了一口氣。她向下喊：「我在這裡。」

她的雙手伸到她的眼前，溼淋淋的，水光閃爍，很奇怪的帶著某種粉紅色調的灰色……她想起來了……

甘迺迪抬手遮住眉際，向上望。

「是你嗎，昆妲？我看不到你的臉，我眼花撩亂……」

然後昆妲尖叫了起來。

她看著自己一雙像猴爪的手，聽到門廳裡傳來的那個話聲。

「是你，」她喘著氣說，「你殺了她……殺了海倫……我……現在知道了。是你，一直是……你。」

他踏上樓梯，抬頭望著她，一步一步慢慢走向她。

「為什麼你不能不管？」他說，「為什麼你要多事？為什麼你要提起……她？就在我開始忘……忘記時。你把她帶回來了，海倫，我的海倫。把一切重新掀了開來。我不得不殺掉莉莉。現在，我不得不殺掉你，就像我殺掉海倫一樣……是的，像我殺掉海倫一樣……」

現在他已逼近她，他的手伸向她，她知道會伸向她的喉嚨。那和藹、奇妙的臉孔，那平凡、親切、老年人的臉絲毫未變，但是那雙眼睛，那雙眼睛失去了理智……

昆妲慢慢地在他面前退後，尖叫聲梗在喉嚨。她尖叫過一次，再也叫不出來了；再說，即使她尖叫也沒人會聽到。

因為屋子裡沒有別人。吉爾斯不在，古荷太太不在，甚至瑪波小姐也不在花園裡。一個人都沒有。鄰居又隔得太遠，就算她尖叫，他們也聽不到。再說，她根本叫不出聲，因為她太恐懼了，叫不出來，她太懼怕，害怕那雙節節逼近的恐怖魔掌……

她只能退到嬰兒房門口，然後……然後，那雙手就會緊緊掐住她的脖子……

她的唇間發出細微的哀鳴聲。

然後，甘迺迪醫生突然停了下來，一柱肥皂水噴到他的眼睛裡，他轉過身去，喘著大氣，不停地眨動眼睛，雙手掩面。

「真是幸運。」瑪波小姐說。她有點喘不過氣來，因為她拚命從後樓梯快步跑上來。

「我正好在噴除你家玫瑰花上的蚜蟲。」

25 後記：在托基市

「可是，親愛的昆妲，我當然不會把你一個人留在屋子裡，」瑪波小姐說，「我大致知道有個危險人物，我一直在花園裡不停地監視著。」

「你一直知道是……他嗎？」昆妲問。

他們三個人，瑪波小姐、昆妲和吉爾斯坐在托基市帝國大飯店的陽台上。

「換個環境。」瑪波小姐提議，而且吉爾斯同意這對昆妲很有好處。普萊姆警官也贊同他們的看法，便一道開車來到托基市。

瑪波小姐回答昆妲的問題說：「呃，看得出來是他，親愛的。不幸的是沒有什麼證據，只是有跡可尋，如此而已。」

吉爾斯好奇地看著她說：「可是我怎麼看不出來？」

「噢，想一想，吉爾斯。他人在現場，這是第一點。」

「在現場？」

「那當然。那天晚上凱文．哈里迪去找他時，他剛從醫院回去。而當時的醫院，如同許多人告訴我們的，實際上就在坡園隔壁……或者該說是『聖凱薩琳』隔壁，那時是叫這個名字。這一點，你知道，說明了他當時是在現場。再來，還有一百零一個具有意義的小事實。海倫．哈里迪告訴理查．厄斯金她要出國去嫁給華爾特．范尼，因為她在家裡不快樂。也就是說，和她哥哥住在一起不快樂。然而她哥哥那麼愛護她，為什麼她會感到不快樂？亞傅列先生告訴你們，他『替那可憐的小女孩感到難過』。我想他說的完全是實話。他為她深感難過。為什麼她得偷偷摸摸地和亞傅列幽會？她想必不怎麼愛他。是不是因為她無法以正常的方式與年輕人交往？她哥哥『嚴厲』而且『古板』。這有點令人想起『溫波街的巴瑞特先生』，不是嗎？」

昆妲顫抖起來。

「他瘋了，」她說，「瘋了。」

「是的，」瑪波小姐說，「他是不正常。他愛慕自己的同父異母妹妹，這種感情變得很不健康而且具有占有欲。這種事比你們所能想像的還要經常發生。像是不想要女兒出嫁的父親……或是甚至不准她們和年輕人交往，就像巴瑞特先生。我聽到網球場的事情時，就想到這個。」

「網球場？」

「是的，那件事在我看來非常具有意義。那個女孩，年輕的海倫，剛從學校畢業回家，渴望過過年輕女孩一樣的精采生活，急著想認識年輕男人，和他們談情說愛……」

「一個小色女。」

「不，」瑪波小姐加重語氣說，「這件命案最邪惡的一點是，甘迺迪醫生不只是殺害了她的身體。如果你們仔細回想一下就會明白，唯一說過海倫．甘迺迪是花癡或——你用過的是什麼字眼，親愛的？噢，對了，女色情狂——實際上是出自甘迺迪醫生本人。我個人認為，她是個百分之百正常的年輕女孩，想要玩一陣子，尋點開心，調調情，最後挑選一個男人安頓下來，如此而已。再來看看她哥哥採取什麼步驟。他嚴厲、古板，不給她自由。然後在她想要找人來打網球時——這是最正常、普通的欲望——他假裝同意，然後有天晚上偷偷把球網割得支離破碎……一項非常具有特殊意義的虐待狂舉動。後來，由於她還是可以出去跳舞或到別的地方去打網球，他趁她跌倒、腿部擦傷在替她治療時，故意動手腳，讓她好不了。噢，是的，我想是他幹的……事實上，我確信。

「你們聽我說，我不認為海倫了解這些。她知道哥哥對她感情深厚，而且我不認為她知道為什麼她在家裡感到不安、不快樂。但是她確實有那種感覺，她決定到印度去嫁給范尼，只是為了擺脫。擺脫什麼？她自己不知道。她太年輕、太老實了，因此不知道。所以她到印度去，途中認識了理查．厄斯金，愛上了他。這件事她再度表現出她不是個癡戀男人的女孩，而是一個高尚、誠實的女孩。她並沒有逼他離開他太太。她不准他這樣做。但是當她見到華爾特・范尼時，她知道自己無法嫁給他，而且因為她不知道還能做些什麼，所以就打電報要她哥哥寄旅費給她回家。

「在回家途中，她認識了你的父親……另一條逃避之道出現了。這一次是有著快樂的遠景。

「她是誠心誠意地嫁給你父親，昆妲。他剛遭喪妻之痛，她承受著不快樂的戀愛之苦。他們可以互相安慰、互相幫助。我想她和凱文・哈里迪先在倫敦結婚，然後再到第茅斯去告訴甘迺迪醫生，這其中意味深長。她一定有某種直覺，認為那是聰明之舉，比到第茅斯去結婚好。一般來說，應該是到第茅斯去結婚才正常。我仍然認為她不知道她在對抗什麼，但是她感到不安，而且她覺得先造成事實再告訴哥哥比較安全。

「凱文・哈里迪對甘迺迪非常友善，而且喜歡他。甘迺迪看來似乎也一反常態，對這項婚姻感到高興。這對新人在那裡租下了一棟帶家具的房子。

「現在我們談到最重要的一件事……凱文被他太太暗中下毒這件事。這只有兩個可能的解釋……因為只有兩個人有機會做這種事。海倫・哈里迪在毒害她丈夫。如果真的是她，那是為什麼？要不然就是甘迺迪醫生下的毒。從哈里迪去請教他這件事看來，就可明白甘迺迪是他的特定醫生。他信任甘迺迪的醫學知識，而他懷疑太太在毒害他，這很顯然是甘迺迪灌輸給他的想法。」

「可是，有哪種藥能叫一個男人產生他勒死了他太太的幻覺？」吉爾斯說，「我的意思是，沒有會產生這種特殊效果的藥吧，有嗎？」

「我親愛的吉爾斯，你又落入窠臼了，落入輕信他人的窠臼裡。只有甘迺迪醫生說哈里迪有那種幻覺。哈里迪在自己的手記中並未提起。他有過一些幻覺，沒錯，不過他並未提過是什麼樣的幻覺。但我敢說，甘迺迪跟他提過，一些經歷過像凱文．哈里迪那種狀態的人，勒死了他們的太太。」

「甘迺迪醫生真是邪惡。」昆妲說。

「我想，」瑪波小姐說，「他那個時候一定已經越過了神志清醒和瘋狂之間的界線。而海倫，可憐的女孩，開始了解到這一點。那天莉莉無意中聽到的話，一定是她對她哥哥說的。『我很久以來就怕了你。』這是她所說的一句話，這句話意味深長。因此她決心離開第茅斯。她說服先生在諾福克買下一棟房子，她說服他不要告訴任何人。她對這件事這麼保守祕密，非常具有意義。顯然她很怕某人知道這件事……可是這對華爾特．范尼或傑克．亞傅列而言都說不過去，當然更不用說是理查．厄斯金了。不，箭頭指向自家人。

「到了最後，凱文．哈里迪對保守這個祕密感到厭煩，而且覺得沒有道理要保密，因此告訴了他的大舅子。

「這麼一做，便決定了他和太太的命運。因為甘迺迪不會讓海倫離去，讓她和先生快快樂樂地過日子。我想他或許只想用藥物破壞哈里迪的健康。但是得知他的犧牲品和海倫要逃避他之後，他完全喪失了理智。他從醫院走進聖凱薩琳的花園，而且戴著一雙外科手術用的手套。他在門廳裡逮住海倫，勒死了她。沒有人看到，或是他以為沒有人看到他勒死了她，在愛恨交加、喪心病狂的狀態下，他引述了那段非常貼切的悲劇性語句。」

瑪波小姐嘆了口氣，嘖嘖說道：「我很笨，非常笨。我們都笨。我們應該早就知道。《馬爾菲女爵》裡的那些語句，正是整個事情的線索。那些句子，是一個做哥哥的人為了報復妹妹嫁給了她所愛的人而謀害她之後所說的話。是的，我們是笨……」

「後來呢？」吉爾斯問。

「後來他完成了他所有邪惡的計畫：把屍體移到樓上、收拾一箱衣物、寫下一張字條，揉成一團丟到廢紙簍裡，好取信哈里迪。」

「可是我認為，」昆妲說，「從他的立場來說，嫁禍給我父親應該對他更有利。」

瑪波小姐搖搖頭。

「噢，不，他不能冒這個險。他多得是蘇格蘭人精明的常識，你知道。他對警方相當敬重。警方在相信一個人犯了謀殺罪之前，得經過多方的採證。警方會問很多令人為難的問題，而且會進行很多對時間和地點等等的調查工作，令人難以應付。不，他的計畫單純些，而且我想，是邪惡些。他只要讓哈里迪一個人信服就可以了。首先，是讓他相信他殺了自己的太太，再來是讓他認為自己瘋了。他說服哈里迪進入一家精神病院，但我不認為他真想讓他相信一切只是出自他的幻覺。你父親接受了他的說法，昆妲，我認為主要是為了你。他一直相信他殺害了海倫，一直到死都還相信。」

「邪惡，」昆妲說，「邪惡，邪惡，邪惡！」

「是的，」瑪波小姐說，「也只能這樣說。而且我想這就是為什麼你兒時所產生的印象竟然這麼深刻。那天晚上是魔鬼的天下。」

「可是那些信，」吉爾斯說，「海倫寫的那些信呢？那是她的筆跡，因此不可能是偽造的。」

「當然是偽造的！不過這也正是他弄巧成拙的地方。你知道，他太急於阻止你和昆妲調查下去。也許他能模仿海倫的筆跡，而且模仿得相當好，但騙不過專家。因此他送給你的那份海倫筆跡樣張也不是真的，是他自己寫的，所以當然會吻合。」

「天啊，」吉爾斯說，「我怎麼沒想到。」

「你是沒想到，」瑪波小姐說，「因為你相信他說的是實話。相信別人真是一件非常危險的事。我已經好幾年不再這樣相信別人了。」

「那白蘭地呢？」

「他是在送海倫的信來而且到花園去和我談話的那天動的手腳。古荷太太去告訴我他來了那時，他在屋子裡等著。只要一分鐘就夠了。」

「我的天，」吉爾斯說，「莉莉．金波遇害的那天，我們在警察局，他還要我回家後給昆妲喝點白蘭地。他是怎麼安排提早和她見面的？」

「這非常簡單。他真正寫給她的信，其實是要她轉搭兩點零五分從第茅斯開出的火車，到馬金賀特下車，接著再步行到伍雷營地去和他碰面。也許，他就從樹林裡冒出來，擋住她的去路，勒死了她。然後他利用你們都看到的那封信，換回她原先帶在身上的那封（他要她隨身攜帶的那封信，因為上面有路線指示），然後回家準備迎接你們，表演一齣等待莉莉的短劇。」

「莉莉真的對他構成威脅嗎？從她的信看來，似乎並不是如此。她懷疑的人好像是亞傅列。」

「也許。不過賴安妮——那個瑞士女孩——與莉莉談過，而賴安妮是對甘迺迪構成威脅的人。因為她從嬰兒房望出窗外，看到他在花園裡挖掘。第二天早上他找她談，直截了當地告訴她，哈里迪少校殺了他太太，說哈里迪少校精神失常，而他——甘迺迪——為了孩子好，替他掩飾。然而，如果賴安妮覺得她應該去報警，她就儘管去，不過這對她可是非常不利等等。

「賴安妮一聽到他提起警察就嚇到了。她喜歡你，而且相信醫生說的是最好的辦法。甘迺迪給了她一筆數目可觀的錢，催她回瑞士去。但是在她回去之前，她向莉莉暗示你父親殺了他太太，以及她看到埋屍的事。這和莉莉當時的看法一致。她認為賴安妮所看到的那個挖墳者，當然是凱文．哈里迪。」

「可是甘迺迪不知道她看到了。」昆妲說。

「當然不知道。當他收到莉莉的信時，讓他感到恐懼的是信上那段賴安妮告訴莉莉她從窗戶看到的事，以及停在外頭那部車子的事。」

「車子？傑克．亞傳列的車子？」

「這是另一種誤解。莉莉記得，或是認為她記得，一輛像傑克．亞傳列那樣的車子停在外面。她馬上就想到，那是那個去看哈里迪太太的神祕男子所開的車子。醫院就在隔壁，無疑地會有很多車子停在那條路上。不過你們要記住，那天晚上醫生的車子實際上也停在醫院門口。也許他妄下定論，以為她指的就是他的車子。那個『拉風』的形容詞，在他來說毫無意義。」

「我明白，」吉爾斯說，「對一個心裡有鬼的人來說，莉莉的那封信看來像是封勒索信函。但是你怎麼知道賴安妮的事？」

瑪波小姐抿抿嘴唇說：「他……計畫非常周密，你知道。普萊姆警官留下來的人衝進去把他逮住時，他一再地重複整個犯罪過程，他所做的每一件事。好像賴安妮回到瑞士之後很快就死掉……安眠藥服用過量。噢，他不會冒險放過她的。」

「就像想要用白蘭地毒死我一樣。」

「你對他構成很大的威脅，你和吉爾斯。幸好你沒有告訴他，你看到海倫死在門廳的記憶。他沒想到會有個目擊者。」

「范尼和亞傳列接到的電話，」吉爾斯說，「是他打的嗎？」

「是的。如果有人調查誰動了白蘭地的手腳，嫌疑就會落在他們身上，而且如果傑克．

亞傅列單獨駕車過去，那麼殺害莉莉．金波的罪嫌就會落在他的身上。范尼很可能有不在場證明。」

「他好像挺喜歡我的，」昆妲說，「叫我小昆妮。」

「他不得不演下去，」瑪波小姐說，「想想看他會怎麼想。在十八年後，你和吉爾斯突然出現，探詢、挖掘過去的舊事，把原本已經平息下去的謀殺案又掀了起來，追溯過去的謀殺案……這是一件非常危險的事，我親愛的小倆口。我一直非常擔心。」

「可憐的古荷太太，」昆妲說，「真是好險，差點連命都丟了。我很高興她就要恢復了。你想她會再回我們家做事嗎，吉爾斯？在發生了這一切之後？」

「如果我們的嬰兒房派上用場，她會的。」

吉爾斯莊重地說，昆妲一陣臉紅，瑪波小姐微微會心一笑，眺望托基市景。

「事情竟然那樣發生，實在非常古怪，」昆妲深思地說，「我手上戴著那雙橡皮手套，正在看著，然後他走進門廳，說出那些話，那麼像以前我所聽過的。『臉』，然後是『兩眼昏花』……」

她戰慄起來。

「『掩住她的臉……我的兩眼昏花……年輕的她魂歸西天。』那可能是我……如果瑪波小姐不在那裡的話。」

她頓了頓，然後柔聲說：「可憐的海倫，可憐又可愛的海倫，她年紀輕輕就死了……你知道，吉爾斯，她已經不在那裡，不在那棟房子的……門廳裡。昨天我們離開之前，我就感覺她已經不在了。現在只有那棟房子，而那棟房子喜歡我們。如果我們喜歡，我們可以回去……」

藏在日常細節中的冒險

楊照（作家）

一開始，就都在那裡了。

一九二〇年，阿嘉莎．克莉絲蒂出版了《史岱爾莊謀殺案》，神探白羅就已經退休了。而且在這個案子裡，藉由敘述者海斯汀的轉述，就鋪陳出克莉絲蒂小說最基本的偵探原則：

「那些看來或許無關緊要的小細節……它們才是重要的關鍵，它們才是偉大的線索！」

「豐富的想像力就像洪水一樣，既能載舟亦能覆舟，而且，最簡單直接的解釋，往往就是最可能的答案。」

「沒有任何謀殺行為是沒有動機的。」

還有，一個不討人喜歡的死者，一群各有理由不喜歡死者、因而也就都有殺人動機的人，這些人彼此之間構成複雜的關係，有的互相仇視，有的互相愛戀，麻煩的是，有些愛人其實貌合神離，有些仇人其實私下愛慕；更麻煩的是，不論是愛或是仇，都有可能是扮演出來的。

一個外來的偵探必須周旋在這些嫌疑者之間，從他們口中獲取對於案情的了解，換句話說，他必須在很短的時間內，搞清楚誰是誰、誰跟誰吵架、誰跟誰偷情，然後判斷誰說的哪一句是實話、哪一句是謊言。常常謊言比實話對於破案更有幫助。

再偷偷透露一下，如果要和小說裡的凶手及小說背後的作者鬥智，就像克莉絲蒂對英國社會的了解，祕訣就在於要去追究小說裡的人物背景，尤其是他們的階級地位。基本上，階級地位愈高、權力愈大、愈有錢者，說的話就愈不要相信。例如在《史岱爾莊謀殺案》中，僕人、園丁說的話遠比有頭有臉的人說的要可信多了。就算要說謊，他們的謊言也比較天真，而且往往出於善良動機。當你歸納線索時，就會知道他們並非故意說謊，那是因為他們的認知受到蒙蔽或誤導，而你慢慢就從這蒙蔽或誤導中被引導到真相。

《史岱爾莊謀殺案》出版那年，克莉絲蒂三十歲，但書稿其實早在五年前就寫好了，畢竟要找到有人願意出版一個看來再平凡不過的家庭主婦寫的小說，並不是那麼容易。

所有和克莉絲蒂接觸過的人，都對於她的「正常」留下深刻印象。她看起來就和她那個年紀的典型英國家庭主婦一樣，害羞、靦腆，只能在社交場合勉強跟人聊些瑣事話題，完全無法演講，甚至連只是站起來對眾賓客說幾句客套話，請大家一起舉杯，她都做不到。她不演講，也很少答應接受採訪，就算採訪到她也很難從她口中得到有趣的內容。她會講的，幾乎都是記者本來就知道、或者自己就可以想得出來的。

例如說白羅這個神探的來歷。克莉絲蒂回答：他應該是個外國人，這樣就能在英國日常生活中看出英國人自己看不出的線索。她自己碰過的外國人，只有第一次大戰剛爆發時到英國避難的比利時人。比利時警察怎麼能跑到英國來？那一定是因為他已經退休了。他有潔癖，所以對於現場會有特殊的直覺，馬上感受到不對勁的地方。一個有潔癖的人，好像應該長得矮小些才相稱，一個矮小有潔癖的人最適當的名字，就是希臘神話裡的大力士「赫丘勒斯（Hercules）」，製造出荒唐的對比趣味。那白羅這個姓是怎麼來的呢？克莉絲蒂很誠實地說：「我不記得了。」

一切都如此順理成章，一切都如此合邏輯，不是嗎？有記者問她怎麼看自己的舞台劇〈捕鼠器〉，創下了英國劇場、甚至全世界劇場連演最多場紀錄的名劇？克莉絲蒂的回答也還是中規中矩，合理合節：那是一齣小戲，在一個小劇院演出，成本很低，任何人想到了都可以帶家人或朋友去看，老少咸宜，並不恐怖，也不特別荒謬打鬧，可是又什麼都有一點，包括恐怖和荒謬打鬧的成分。

她的身上找不出一點傳奇、怪誕色彩，那她為什麼能在五十年間持續寫偵探小說，創造了那麼多謀殺，還創造了那麼多詭計？

首先因為她是女性，以及她的身世，包括她的階級身分，使得她在描寫故事場景時比一般男性作者來得敏感。因為在她之前的偵探推理小說男性作家的階級身分都是高高在上，基本上他們會從較高的角度看社會，比較看不到底層的感受。

而她的婚變以及婚變中遭逢的痛苦，都使她更能體會與觀察，將英國社會的複雜細節融入小說的核心情節，讓探案與線索分析結合在一起。

克莉絲蒂一生結過兩次婚，第一次在一九一四年，婚後不久，丈夫就參加了歐戰，是英國皇家空軍最早一批飛行員。一九二六年，這個丈夫有了外遇，直率地向克莉絲蒂要求離婚，在那之前，克莉絲蒂的媽媽才剛過世，雙重打擊之下，又遇到車子無法發動，克莉絲蒂崩潰了，她棄車而走，忘記了自己究竟是誰，躲進一家鄉間旅館，登記時寫了她心裡唯一有印象的名字——她丈夫情婦的名字。

離婚後，一次在晚宴中，有人提起近東烏爾考古的最新收穫，克莉絲蒂就取消了原定要去西印度群島的計畫，改訂了跨越歐洲到君士坦丁堡的「東方快車」，是的，就是這趟旅程給了她寫《東方快車謀殺案》的靈感。不過更重要的是，在烏爾，她認識了一位年輕的考古學家，比她小十四歲，這個人後來成了她的第二任丈夫。

這位考古學家陪她去參觀在沙漠中的烏克海迪爾城，卻在沙漠中迷路困陷了。幾小時中克莉絲蒂卻沒有一點驚慌不安，當下考古學家就決定要向她求婚。

原來，克莉絲蒂的內心是有這種冒險成分的。要不然她不會兩次選到的，都是喜愛冒險的丈夫，而她本身大概也不會吸引一個在各種危險情境下挖掘古代寶藏的人，讓他願意向一個大他十四歲的女人求婚。

這樣說吧，維多利亞時代後期的英國環境，壓抑限制了克莉絲蒂冒險、追求傳奇的內在衝動，她只好將這樣的衝動寄託在丈夫和寫作上。她一邊陪著第二任丈夫在近東漫走，一邊在小說中寫各式各樣的謀殺與探案。謀殺和探案都是冒險，還有，偵探偵查中做的事——蒐集線索，還原命案過程——其實和考古學家的考掘，如此相似！

克莉絲蒂寫得最好的，正是「藏在日常中的冒險」。她個性中的雙面成分，造就了特殊的偵探魅力。既嚮往非常傳奇，卻又有根深柢固的日常邏輯信念，兩者都在克莉絲蒂的小說中扮演了重要角色。她的謀殺案幾乎都和日常習慣緊密編織在一起，日常環境成了凶手最重要的掩護。有些日常規律明顯地被破壞了，讓我們很自然以為那會是謀殺的線索，沿著這些線索形成了閱讀中的推理猜測，然而白羅早就提醒了，真正重要的反而是那些「細節」，也就是看來像是依隨日常邏輯進行的事，或說藏在日常邏輯中因而不被看重的事，那裡要嘛藏著凶手的核心詭計、煙幕，要嘛藏著凶手致命的破綻。

凶案的構想，就是如何讓異常蓋上日常、正常的面貌，又如何故意將日常、正常予以扭曲，製造假象；那麼偵探要做的，就是如何準確地在日常中分辨出真正的異常，將假的、明顯的異常撥開來，找出細節堆疊起來的異常真相。

此外，克莉絲蒂的小說裡隱藏著極其曖昧的情感價值觀，最典型、最有名的就是《東方快車謀殺案》。透過追查過程，讓讀者知道為什麼凶手要訴諸於這種手段，其動機具有可同情之處，再加上克莉絲蒂對身分階級的觀察，她比較相信或讓讀者相信那些沒有權力、地位的人，隨著偵查節奏去認識可能或必須懷疑的人。克莉絲蒂最擅長營造「多重嫌疑犯」的小說特質，因為讀者在閱讀時必須被迫去認識很多不一樣的人。在她最受歡迎的作品，大概都具備這樣的特質。

當然，她的作品中還有兩個最突出的神探，即白羅和瑪波。白羅是比利時人，但為什麼必須是外國人？這是因為英國人具有高度階級意識，這種觀念一路滲透到所有互動細節，包括人與人之間如何說話。而白羅因為不是英國人，他會發現一般英國人不太看得出來的東西，以及兩個人互動的方法哪裡不正常。至於瑪波為什麼得是老太太？她一如那個年代的老人家，總是靜靜坐著打毛線，因為不起眼，自然讓人放鬆防備，所以瑪波探案的線索都是來自於這樣的互動模式。

然而，白羅有很明顯的優勢，瑪波的身分使她基本上只能進行「靜態」的辦案，案子的空間受到侷限，白羅卻可以跨越各種空間，恣意揮灑。而且白羅擁有警官身分，可以合理出現在各種犯罪現場，瑪波能出現的地方，相形之下就勉強、不自然多了。白羅是明白的outsider，在英國，只要他出現，就會覺得有外人在而感到緊張，於是很容易露出平常不會表現的行為；瑪波則看起來是 insider，但實質上是 outsider，因為總是沒人發現她、當她空氣人。這兩人的探案，是兩個極端。雖然讀者最愛白羅，但克莉絲蒂自己偏愛瑪波勝於白羅。

不管後來的偵探、推理小說發展了多少巧妙詭計，克莉絲蒂卻不會過時，因為她的推理如此密切地和日常纏繞在一起；活在日常中，我們就無可避免被克莉絲蒂的「日常細節推理」吸引，隨時讀來都充滿驚奇趣味。

名家盛讚克莉絲蒂（依推薦時間排序）

金庸（作家）

克莉絲蒂的寫作功力一流，內容寫實，邏輯性順暢，也很會運用語言的趣味。閱讀她的小說，在謎底沒有揭露之前，我會與作者鬥智，這種過程非常令人享受。其作品的高明之處在於：布局的巧妙完全意想不到，而謎底揭穿時又十分合理，讓人不得不信服。

詹宏志（作家、PChome 網路家庭董事長）

推理小說在從先輩柯南·道爾等人的發明中出現力量時，誕生了一位《天方夜譚》故事中每天說故事說個不停的王妃薛斐拉·柴德，也就是「謀殺天后」克莉絲蒂，整個世界對聽這些故事才有如此的熱情。他們捨不得睡覺，每天問後來還有嗎、還有嗎，永遠不肯離去，這就是克莉絲蒂對推理小說的最大貢獻。

可樂王（藝術家）

所謂「克莉絲蒂式」的推理小說，就是一場和一個天才的寫作者或高明的恐怖份子在紙上捕掠捉殺的戰事。即便是一列火車、一處飯店或一間酒吧，在克莉絲蒂寫來皆充滿神祕和猜謎。在人生適合的下午裡，我總是一面嚼著口香糖，一面跟著矮子偵探白羅穿梭謀殺現場，克莉絲蒂的推理作品無疑是推理世界中最充滿「魔術性」的小說。

吳若權（作家、節目主持人）

我從小就對推理小說情有獨鍾，克莉絲蒂一系列的作品尤其令我愛不釋手。多年來，閱讀推理小說的經驗讓我覺悟：讀者在文字情節中推展開來的驚嘆，不只是因緣於故事的本身，而是自我性格的投射。從這個觀點來看克莉絲蒂一系列的作品，她簡直就是洞徹人性的算命師。而讀者，在她的文字中，發現了自己無可奉告的命運。

藍祖蔚（國家電影及視聽文化中心董事長）

做過藥劑師，難免懂得毒藥；嫁給考古學家，難免也就嫻熟文明的神祕；再加上曾經失蹤九天，一切不復記憶的離奇經驗，的確提供了寫作靈感，但若少了想像力，那些片羽靈光縱使辛辣如辣椒，卻不足以成菜。

推理小說重布局、重人物描寫，克莉絲蒂最厲害的卻是犀利的人性觀察，她一手創造的白羅探長，潔癖個性完全和她相反，更將她所憎厭的人格特質集於一身，殊不知，唯有不對著鏡子寫作，才能夠跳出框架與制式反應，開闢無限寬廣的新世界，建構多面向的詭異迷宮。

看完她的小說，你只會更加訝異，到底是什麼樣的心靈才能成就這般視野？

李家同（作家、前暨南大學校長）

克莉絲蒂的整體布局十分細膩，最後案情也都講解得非常詳細，回頭去看，在書中都找得到線索。故事的情節與內容也很好看，不是像一個流氓在街上被殺掉那麼單調。……看小說應該要花腦筋、要思考，從小就要養成思辨的能力，看她的小說，就是對邏輯思考能力極佳的訓練。

袁瓊瓊（作家）

雖然被公認是冷靜理性的謀殺天后，但是在理性之下，克莉絲蒂的底色依舊是感情。克莉絲蒂很明白，所有的慾望之後，都無非是某種愛情。在以性命相搏的犯罪世界裡，凶手以終結他人的性命來遂私欲，不過是為了成全自己的愛，或者是成全自己的恨。

鄧惠文（精神科醫師）

以推理小說作家而言，克莉絲蒂的風格相當獨樹一格。她的偵探在辦案時，靠的不光是科學證據的搜集，而是大量運用犯罪心理學，及對人性的深刻了解。例如在《五隻小豬之歌》中，白羅便是藉由聽取嫌疑犯訴說案情時所不自覺顯露的主觀意識及中心思想，而看出其中破綻，找出真凶。白羅是靠腦袋辦案，以心理層面去剖析案情，即使人們敘述的是同一件事，他可以聽出不同角色因出發點及看待角度不同所透露的情緒觀感，從而抽絲剝繭，還原事實真相。

克莉絲蒂所塑造的人物也生動且各具特色，不同個性所出現的情緒反應描寫，皆細膩而準確，讓讀者產生豐富的想像空間，一展卷便欲罷而不能。

吳曉樂（作家）

克莉絲蒂使用的語言平易近人，主要是以角色與情節的對應來斧鑿出故事的深度，堆疊出讓讀者回味的迂迴空間。而她筆下的角色往往性別、階級、性格、族群各異，塑造出多元又豐富的人物群像。

文學作品不問類型，若要流傳於世，最終仍得上溯至「人性」的理解與反思。而阿嘉莎．克莉絲蒂的作品中，我們可以看到人類屢屢得和自己的人生討價還價，或千方百計讓主觀意識與客觀條件達成某種程度的整合，讀者在重建人物的心理軌跡時，也見識到自身的是非成敗，我認為，這也是克莉絲蒂的作品能夠璀璨經年、暢銷不衰的主因。

許皓宜（心理學作家）

克莉絲蒂筆下的故事看似在談人性的醜惡，實則像一位披著小說家靈魂的心靈引導者，用她的文字訴說著人們得不到「愛」時的痛苦。於是在故事終了的剎那，你不得不對人生多了幾分「看透感」：原來，我們心裡的那些痛苦、報復與自我折磨的慾望，不是因為「憤恨」，而是起於對「愛的失落」。這或許是我們在情感世界中最珍貴且深刻的一種覺察了。

推理小說荒謬驚悚嗎？不，它其實很寫實。它幫我們說出心裡的苦、怨、醜陋的慾望，於是，我們可以重新學習愛了。

一頁華爾滋 Kristin（影評人）

從有記憶以來，閱讀克莉絲蒂最迷人之處往往不在真正的凶手是誰，而是在於「Why」（為什麼）與「How」（如何進行），在於人性與心理描摹的故事肌理。依循其書寫脈絡，會發覺不只是邏輯清晰、布局縝密、著重細節，她總能完美掌握敘事節奏，書中人物彷彿真實存在般鮮明躍然紙上，讀者情緒會隨精準文字保持流轉、跳動、收放，掩卷時並無太多真相水落石出的暢快，反倒淡淡的惆悵化為餘韻襲上心頭，原來還是種種意料之外，卻屬情理之中的人性盲目使然。私以為，那成就了克莉絲蒂的推理故事之所以無比迷人的主因之一。

冬陽（推理評論人）

雖然阿嘉莎・克莉絲蒂的作品並非我的推理閱讀啟蒙，卻是養成閱讀不輟的重要推手。首先，她無庸置疑是個說故事能手，打開我名為好奇的開關；其次是設計犯罪事件的巧妙多元，既日常又異常，凶手更是叫人意想不到。沒錯，我相信每個當讀者的都忍不住想破案，想早偵探一步識破詭計，或者像考試結束鈴響前一秒，瞎猜都要指著某個角色大喊「你就是犯人」！然後會忍不住作弊——不是翻到最後幾頁窺探真凶身分，而是往前翻查讓人起疑的段落、偵探顯然掌握重要線索的時刻，直到忍不住豎白旗投降，看神探（我知道啦，真正把我耍得團團轉的聰明人是作者）頭頭是道地分析我遺漏錯置的片片拼圖，終於看清真相全貌。這，就是偵探推理，我因此熟悉遊戲規則、沉醉在每一場迷人故事裡，成為這個類型書寫的俘虜，享受至今不疲的美好滋味。

石芳瑜（作家、永樂座書店店主）

布局細膩、處處留下線索，破案解說詳細，說明了這位安靜、害羞的推理小說女王心思縝密，且充滿想像力。密室殺人，完美犯罪，《東方快車謀殺案》不愧為古典推理小說的經典。再加上神祕的東方色彩，隨著火車抵達的迫切時間感，連非推理小說迷都會神經拉緊，讀完大呼過癮。

家庭主婦缺少人生經驗？處女座的阿嘉莎．克莉絲蒂充分展現她過人的寫作天分，靠得是從小開始的閱讀，以及對偵探小說的著迷。三十歲寫下第一本偵探小說《史岱爾莊謀殺案》的克莉絲蒂，在那個時代並不能說是「早慧」，但寫作生涯五十五年中，共創作了八十部偵探小說，卻令人難以企及。這位害羞靦腆的小說女神，大概是相信只要有足夠的理由，每個人都有殺人的可能！

余小芳（暨南大學推理研究社指導老師、台灣推理作家協會常務理事）

學生時代加入推理社團，社課指定讀物便是經典作品《一個都不留》，成為我對克莉絲蒂的初步印象，自此沉浸於推理小說的世界。隔年寒假陪同學參與轉學考，在斜風細雨的走廊中，滿足讀完《東方快車謀殺案》。隨著歲月遠走，已昇華成趣味回憶。

踏入推理文學領域需要認識的作家，阿嘉莎．克莉絲蒂絕對名列其中，她的作品常有英國小鎮風光、莊園式的謀殺、設備豪華的交通工具等，還有特色鮮明的偵探活躍其中。書中少有血腥、暴力的橋段，布局巧妙且結構嚴密，手法純粹、知性，故事內容與人物性格融為一體，以高超的想像力結合說好故事的能耐，為推理小說開創新局面。克莉絲蒂推理全集重編改版，值得新舊讀者一起探索。

林怡辰（國小教師、教育部閱讀推手）

多年後，還是難忘第一次閱讀阿嘉莎・克莉絲蒂作品的感動和激動。

這套將近一世紀的作品，文筆流暢，邏輯縝密，過程中不斷與作者較量、猜出凶手，直到最後解答不禁佩服，蛛絲馬跡處處展現作者的精妙手法，於是又拿起另一部作品，再次沉溺在謀殺天后所編織的日常世界中的奇幻，無可自拔。犯罪動機和手法穿越時空限制，如今讀來合理且依舊令人感動，閱讀中趣味橫生，難怪成為後來諸多偵探小說的原型。

克莉絲蒂創作生涯中產出的八十部推理作品，至今多部躍上大銀幕，無怪乎被稱之為「經典」，喜愛推理偵探作品的人不可不讀，你會驚異於她在文字中施展的魔法！

張東君（推理評論家、科普作家）

我愛克莉絲蒂！這位在台灣有時會被稱為克奶奶的超級暢銷推理小說家，即使是自認沒讀過她的書的人，也都會在各種書籍或影視作品中看到對她致敬的片段。由於她喜歡旅行和冒險，那些經驗與體驗都成為書中的場景，因此閱讀她的作品時，不只是雀躍地跟著偵探推理，也有了虛擬的旅行體驗。或者當成旅遊導覽書，在出發去尼羅河、去英國鄉間、去搭船搭火車時，就塞一本克奶奶的作品到隨身背包中。

我還是大學新生時，就聽學姐說她哥哥經常看克奶奶的小說，而且邊看邊狂笑。於是我跟著效仿，在某次搭飛機之前買了第一本小說當旅伴，不只看得超開心，看完後還到處找尋書中出現的那種有兜帽的斗篷，當成出門時的必備用品。克奶奶的作品是跨越文字、國界的。只要看過一本，就會不停地追下去。還好，真的是還好只有八十本。何況這次是全新校訂的紀念珍藏版，當然不能錯過！

發光小魚（呂湘瑜）（文史作家、助理教授）

一部好的偵探小說，除了情節設計巧妙之外，還需要洞悉人性，如此方能合理地交代人物的言行舉止與動機。阿嘉莎．克莉絲蒂便是其中翹楚，她的作品不管是偵探、愛情小說或戲劇，必要元素都是謎題與人性。在寧靜無波的場景下暗潮洶湧，永遠都有意料之外，讀者的情緒也會隨著劇情的進行起伏糾結。克莉絲蒂觀察到時代的變化，將犯罪心理融入作品中，於是，看她的小說不只能得到解謎的快樂，同時對人性也能夠有所省思。

此外，克莉絲蒂豐富的人生歷練及旅行經歷，例如一九二二年的環球之旅、居住過也旅行過的巴黎和埃及，甚至是追隨考古學家丈夫前往的中東，都讓她的小說讀來更加充滿異國情調。如果你也愛旅行，不如就讓我們一同搭上那一班南法的藍色列車，或由伊斯坦堡出發的東方快車，跟著白羅鑽進一樁奇案，一嘗旅程中破解謎題的快感吧。

盧郁佳（作家）

國小時，家裡買了一套阿嘉莎．克莉絲蒂全集，從此成了我的毒品，在白癡課本將我的腦袋啃噬成海綿般空洞時，撫慰受創的心靈，那時我仍對人心險惡一無所知。

數學課教你列算式，樂趣遠不如克莉絲蒂教你住宅平面圖、偷換時序的密室魔術，你從庭園長窗進房間，我從房門直通鄰房，他從走廊進房……從而學會故事是建構邏輯。她文風多變，時而《四大天王》中讓神探白羅向助手海斯汀大賣關子，眉頭緊皺，山雨欲來，預示天翻地覆，只能靠他拯救世界；時而用維吉尼亞．吳爾芙《自己的房間》中俏皮的語言，讓貧苦村姑安妮在《褐衣男子》中回憶南非出生入死的冒險，竟源於她耽讀村裡圖書館爛舊的冒險愛情小說，還有戲院每週末放映〈帕米拉歷險記〉，帕米拉每集從飛機跳落高空、搭潛艇、爬上摩天大樓，每次被黑幫老大抓到總不一刀斃命，卻老要用瓦斯毒死她，暗示續集又會逃出生天。

長大才發現，克莉絲蒂小說就是我的〈帕米拉歷險記〉：它以歌劇般輝煌龐大的天真陰謀、精細的人際觀察（一句話重音放在哪個字、從膝蓋鑑定女人的年齡等），召喚年輕讀者抱持浪漫精神投入未知的壯遊，瘋魔、衝撞、冒犯，傷痕累累毫無懼色。正如瓦斯在冒險片中太多、現實中卻太少；陰謀在現實中沒有克莉絲蒂寫得那麼複雜，但她刻畫的心理卻是現實中解謎的試金石。

賴以威（臺灣師範大學電機系副教授）

或許可以為經典下幾個定義：該領域的愛好者更都讀過；不是這個領域的愛好者，許多人也都聽過；影響後續的作品，在很多著作中都可以看到它的影子；值得反覆再三閱讀，每隔一陣子再讀都可以獲得閱讀的樂趣，有更多的體悟。我永遠記得第一次讀《東方快車謀殺案》時，被那宛如嚴謹設計數學謎題的鋪陳、推進給深深吸引、震撼。從這幾個角度來說，克莉絲蒂的推理小說被稱之為「經典」，可說是當之無愧。

謝哲青（作家、旅行家、知名節目主持人）

克莉絲蒂小說的魅力在於透過每個角色的對白，藉由不斷的說話來表現人物的個性，以彰顯其人格特質中一些無法被忽略的事實。我們從他們的言語、講話的過程和字裡行間，竟然就能知道誰是凶手。

我從克莉絲蒂的小說學到很多，除了推理小說有趣的事實之外，最重要的是，我在工作的職場跟人應對的時候，如何從語言和對話裡去捕捉某些隱而不顯的事實。許多人們欲蓋彌彰的東西，無論心事也好、祕密也好，克莉絲蒂都會用文學的手法，讓你理解語言的奧妙和魅力。

克莉絲蒂的書寫會讓你覺得彷彿自己也在現場，你可以從聽到的對話當中，學會如何理解人心的一些小技巧，這是小說家最出色、最偉大的地方。我們必須學習傾聽別人說話——這些人講話是真誠的嗎？他想要跟你分享什麼資訊？這些資訊可靠嗎？——這是我在閱讀推理小說時，最大的收穫和理解。

阿嘉莎·克莉絲蒂大事記

1890		• 九月十五日出生於英格蘭德文郡托基鎮。
1894	4 歲	• 開始在家自學，父母親、姐姐教導閱讀、寫作、算術和彈鋼琴。
1895	5 歲	• 家中經濟走下坡，舉家搬至法國，學會流利的法語。
1905	15 歲	• 在巴黎寄宿學校學鋼琴和聲樂，但生性極度害羞，未成為職業鋼琴家，最終回到英國。
1907	17 歲	• 陪同母親前往埃及調養身體，對社交活動充滿興趣，但尚未對日後感興趣的埃及古物點燃熱情。 • 回英國後繼續寫作、參與業餘戲劇表演。
1908	18 歲	• 寫出第一篇短篇小說〈麗人之屋〉，同時也寫出第一部愛情小說《白雪黃漠》，以筆名向出版社投稿，但屢遭退稿。
1912	22 歲	• 與英國皇家軍官亞契·克莉絲蒂（Archibald Christie）熱戀。 • 八月爆發第一次世界大戰，亞契奉派到法國作戰。
1914	24 歲	• 耶誕夜結婚，亞契隨即返回戰場。克莉絲蒂參與紅十字會工作，在醫院擔任護士和藥劑師，因此對藥理和毒物非常熟悉，造就後來多部推理小說情節都以毒藥殺人。
1916	26 歲	• 開始嘗試寫推理小說，寫出第一部小說《史岱爾莊謀殺案》，主角偵探赫丘勒·白羅的靈感，來自於大戰期間英國鄉間的比利時難民營。本書歷經數家出版社退稿後，終獲柏德雷·海德（The Bodley Head）圖書公司的出版機會，之後並簽下另五本小說的合約。
1919	29 歲	• 前一年亞契返回英國，八月生下女兒露莎琳。

1920	30 歲	• 出版《史岱爾莊謀殺案》。
1922	32 歲	• 出版第二部小說《隱身魔鬼》，主角是夫妻檔偵探湯米和陶品絲。 • 與亞契至南非、澳洲、紐西蘭、夏威夷和加拿大等國旅行十個月，在南非得到《褐衣男子》的靈感。
1923	33 歲	• 三月出版第三部小說《高爾夫球場命案》，白羅再度登場。
1926	36 歲	• 四月母親過世，克莉絲蒂陷入憂鬱。 • 六月在「威廉．柯林斯父子出版社」出版《羅傑艾克洛命案》。 • 八月亞契因外遇提出離婚，十二月初一次爭吵後，克莉絲蒂離家棄車失蹤，消息登上全國新聞。
1927	37 歲	• 一月在悲痛心情中寫出《藍色列車之謎》，第一次創造出聖瑪莉米德村，即後來瑪波小姐居住的村子。 • 分居期間在雜誌刊登以白羅為主角的短篇小說，後來集結出版《四大天王》。 • 十二月在雜誌刊登短篇小說〈週二夜間俱樂部〉，瑪波小姐初登場，後來收錄在一九三二年出版的短篇小說集《十三個難題》。
1928	38 歲	• 十月正式離婚，仍保留「克莉絲蒂」姓氏。 • 秋天搭乘「東方快車」前往土耳其的伊斯坦堡，再轉往伊拉克首都巴格達，參觀考古現場烏爾，認識考古學家伍利夫婦（Leonard and Katharine Woolley）。
1930	40 歲	• 二月應伍利夫婦之邀再訪烏爾，認識考古學家麥克斯．馬龍（Max Mallowan），九月於英國愛丁堡結婚。這段婚姻開啟克莉絲蒂旺盛的創作生涯，兩人到中東考古現場的旅行為許多作品帶來靈感。

- 婚後克莉絲蒂開始維持固定的寫作行程。十月出版《牧師公館謀殺案》，是第一部以瑪波小姐為主角的小說。
- 出版第一部以「瑪麗·魏斯麥珂特」（Mary Westmacott）為筆名的《撒旦的情歌》，並陸續發表了五部非犯罪小說。

1932　42 歲　• 出版《危機四伏》。

1934　44 歲　• 出版《東方快車謀殺案》，是白羅海外辦案三部曲之一，故事靈感來自中東的旅行經歷。一九七四年第一次改編成電影大獲好評。

1936　46 歲　• 出版《美索不達米亞驚魂》，白羅海外辦案三部曲之二。

1937　47 歲　• 出版《尼羅河謀殺案》，白羅海外辦案三部曲之三，故事背景是年輕時與母親同遊的埃及。一九七八年第一次改編成電影大受歡迎。

1939　49 歲　• 二次大戰期間，克莉絲蒂在大學學院醫院擔任義務藥師，學習到最新的毒藥知識，對於推理小說寫作大有助益。
- 出版《一個都不留》，是克莉絲蒂最著名作品之一。

1941　51 歲　• 出版《密碼》，呈現出克莉絲蒂對戰爭的看法。
- 出版《豔陽下的謀殺案》。

1942　52 歲　• 出版《藏書室的陌生人》、《五隻小豬之歌》等名作。

1944　54 歲　• 以「瑪麗·魏斯麥珂特」為筆名出版第三部作品《幸福假面》，被美國書評人發現是克莉絲蒂的作品，讓她從此失去匿名創作的自在樂趣。

1950	60 歲	• 獲選為皇家文學學會的會員。
1953	63 歲	• 出版《葬禮變奏曲》。
1956	66 歲	• 一月獲頒大英帝國爵級大十字勳章（GBE）。 • 十一月以「瑪麗．魏斯麥珂特」為筆名出版《愛的重量》，是這個筆名的最後一部作品。
1958	68 歲	• 成為「偵探作家俱樂部」主席。
1960	70 歲	• 馬龍獲頒大英帝國爵級大十字勳章。
1961	71 歲	• 獲得艾克塞特大學頒發榮譽文學博士學位。
1968	78 歲	• 馬龍獲封為爵士，克莉絲蒂亦被稱為馬龍爵士夫人。
1971	81 歲	• 獲頒大英帝國爵級司令勳章（DBE），獲封為女爵士。
1973	83 歲	• 出版最後一部創作《死亡暗道》，亦為湯米和陶品絲最後一次辦案。
1974	84 歲	• 最後一次公開露面，出席電影《東方快車謀殺案》首映會。
1975	85 歲	• 八月六日，白羅成為有史以來第一次在《紐約時報》頭版刊出訃聞的小說主角，宣傳九月即將出版的《謝幕》，這也是白羅最後一次辦案。
1976	86 歲	• 一月十二日去世。 • 十月出版《死亡不長眠》，瑪波小姐的最後一次辦案。

克莉絲蒂推理原著出版年表

1920 史岱爾莊謀殺案 The Mysterious Affair at Styles（神探白羅系列）
1922 隱身魔鬼 The Secret Adversary（神探湯米＆陶品絲系列）
1923 高爾夫球場命案 The Murder on the Links（神探白羅系列）
1924 白羅出擊 Poirot Investigates（神探白羅系列）
1924 褐衣男子 The Man in the Brown Suit（神探雷斯上校系列）
1925 煙囪的祕密 The Secret of Chimneys（神探巴鬥主任系列）
1926 羅傑艾克洛命案 The Murder of Roger Ackroyd（神探白羅系列）
1927 四大天王 The Big Four（神探白羅系列）
1928 藍色列車之謎 The Mystery of the Blue Train（神探白羅系列）
1929 七鐘面 The Seven Dials Mystery（神探巴鬥主任系列）
1929 鴛鴦神探 Partners in Crime（神探湯米＆陶品絲系列）
1930 牧師公館謀殺案 The Murder at the Vicarage（神探瑪波系列）
1930 謎樣的鬼豔先生 The Mysterious Mr. Quin（神探鬼豔先生系列）
1931 西塔佛祕案 The Sittaford Mystery
1932 十三個難題 The Thirteen Problems（神探瑪波系列）
1932 危機四伏 Peril at End House（神探白羅系列）
1933 十三人的晚宴 Lord Edgware Dies（神探白羅系列）
1933 死亡之犬 The Hound of Death
1934 三幕悲劇 Three Act Tragedy（神探白羅系列）
1934 李斯特岱奇案 The Listerdale Mystery
1934 帕克潘調查簿 Parker Pyne Investigates（神探帕克潘系列）
1934 東方快車謀殺案 Murder on the Orient Express（神探白羅系列）
1934 為什麼不找伊文斯？ Why Didn't They Ask Evans?
1935 謀殺在雲端 Death in the Clouds（神探白羅系列）
1936 ABC 謀殺案 The A.B.C. Murders（神探白羅系列）
1936 底牌 Cards on the Table（神探白羅系列）
1936 美索不達米亞驚魂 Murder in Mesopotamia（神探白羅系列）

1937　巴石立花園街謀殺案 Murder in the Mews（神探白羅系列）
1937　尼羅河謀殺案 Death on the Nile（神探白羅系列）
1937　死無對證 Dumb Witness（神探白羅系列）
1938　白羅的聖誕假期 Hercule Poirot's Christmas（神探白羅系列）
1938　死亡約會 Appointment with Death（神探白羅系列）
1939　一個都不留 And Then There Were None
1939　殺人不難 Murder Is Easy/Easy to Kill（神探巴鬥主任系列）
1940　一，二，縫好鞋釦 One, Two, Buckle My Shoe（神探白羅系列）
1940　絲柏的哀歌 Sad Cypress（神探白羅系列）
1941　密碼 N Or M?（神探湯米＆陶品絲系列）
1941　豔陽下的謀殺案 Evil Under the Sun（神探白羅系列）
1942　五隻小豬之歌 Five Little Pigs（神探白羅系列）
1942　藏書室的陌生人 The Body in the Library（神探瑪波系列）
1942　幕後黑手 The Moving Finger（神探瑪波系列）
1944　本末倒置 Towards Zero（神探巴鬥主任系列）
1945　死亡終有時 Death Comes as the End
1945　魂縈舊恨 Remembered Death（神探雷斯上校系列）
1946　池邊的幻影 The Hollow（神探白羅系列）
1947　赫丘勒的十二道任務 The Labours of Hercules（神探白羅系列）
1948　順水推舟 Taken at the Flood（神探白羅系列）
1949　畸屋 Crooked House
1950　謀殺啟事 A Murder Is Announced（神探瑪波系列）
1951　巴格達風雲 They Came to Baghdad
1952　殺手魔術 They Do It with Mirrors（神探瑪波系列）
1952　麥金堤太太之死 Mrs. McGinty's Dead（神探白羅系列）
1953　黑麥滿口袋 A Pocket Full of Rye（神探瑪波系列）
1953　葬禮變奏曲 After the Funeral（神探白羅系列）

1954　未知的旅途 Destination Unknown
1955　國際學舍謀殺案 Hickory, Dickory, Dock（神探白羅系列）
1956　弄假成真 Dead Man's Folly（神探白羅系列）
1957　殺人一瞬間 4:50 from Paddington（神探瑪波系列）
1958　無辜者的試煉 Ordeal by Innocence
1959　鴿群裡的貓 Cat Among the Pigeons（神探白羅系列）
1960　哪個聖誕布丁？ The Adventure of the Christmas Pudding（神探白羅系列）
1961　白馬酒館 The Pale Horse
1962　破鏡謀殺案 The Mirror Crack'd from Side to Side（神探瑪波系列）
1963　怪鐘 The Clocks（神探白羅系列）
1964　加勒比海疑雲 A Caribbean Mystery（神探瑪波系列）
1965　柏翠門旅館 At Bertram's Hotel（神探瑪波系列）
1966　第三個單身女郎 Third Girl（神探白羅系列）
1967　無盡的夜 Endless Night
1968　顫刺的預兆 By the Pricking of My Thumbs（神探湯米＆陶品絲系列）
1969　萬聖節派對 Hallowe'en Party（神探白羅系列）
1970　法蘭克福機場怪客 Passengers to Frankfurt
1971　復仇女神 Nemesis（神探瑪波系列）
1972　問大象去吧 Elephants Can Remember（神探白羅系列）
1973　死亡暗道 Postern of Fate（神探湯米＆陶品絲系列）
1974　白羅的初期探案 Poirot's Early Cases（神探白羅系列）
1975　謝幕 Curtain: Hercule Poirot's Last Case（神探白羅系列）
1976　死亡不長眠 Sleeping Murder（神探瑪波系列）
1979　瑪波小姐的完結篇 Miss Marple's Final Cases（神探瑪波系列）
1991　情牽波倫沙 Problem at Pollensa Bay
1997　殘光夜影 While the Light Lasts

國家圖書館出版品預行編目（CIP）資料

死亡不長眠 / 阿嘉莎・克莉絲蒂（Agatha Christie）著 ; 張國禎譯. -- 二版.-- 臺北市 : 遠流出版事業股份有限公司, 2023.10 面； 公分. -- (克莉絲蒂繁體中文版20週年紀念珍藏 ; 51) 譯自 : Sleeping Murder ISBN 978-626-361-262-4(平裝) 873.57　　　　　　　　　　112014658

克莉絲蒂繁體中文版 20 週年紀念珍藏 51

死亡不長眠

作者 / 阿嘉莎・克莉絲蒂
譯者 / 張國禎

主編 / 陳懿文、余式恕　校對 / 呂佳眞
封面、內頁設計 / 謝佳穎　排版 / 連紫吟、曹任華
行銷企劃 / 舒意雯　出版一部總編輯暨總監 / 王明雪

發行人 / 王榮文
出版發行 / 遠流出版事業股份有限公司
地址 / 104005臺北市中山北路一段11號13樓
電話 / (02)2571-0297　傳真 / (02)2571-0197　郵撥 / 0189456-1
著作權顧問 / 蕭雄淋律師

2003年7月1日 初版一刷
2023年10月1日 二版一刷
定價 / 新臺幣380元 (缺頁或破損的書，請寄回更換)

ISBN 978-626-361-262-4

遠流博識網 http://www.ylib.com E-mail: ylib@ylib.com
遠流粉絲團 https://www.facebook.com/ylibfans

www.agathachristie.com